사랑하지 않으면 떠나라

CEO 강덕영의 성공스토리
사랑하지 않으면 떠나라

2판인쇄 | 2001년 10월 15일
초판발행 | 2001년 9월 28일

지 은 이 | 강덕영
펴 낸 이 | 김원중
기   획 | 김무정
표지·편집 | 네오그래픽(주) 디자인팀
펴 낸 곳 | 네오그래픽(주)
        도서출판 **선미디어**

출판등록 | 제2-2576호(1998.5.27)

주   소 | 서울 중구 예장동 1-10 네오빌딩
우편번호 | 100-250
전   화 | (02)2285-3003(代)
팩   스 | (02)2285-3008

ISBN 89-88323-19-X

값 8,000원

사랑하지 않으면 떠나라

강덕영 저

선·미디어

글을 쓴다는 것은 참 만만치 않은 일이다. 영업사원으로 출발한 내 청년기와 지금의 최고경영자에 이르기까지 나는 상대방에게 '나의 말을 내가 하는 약속'으로 여기며 모든 일을 진행했고 회사를 이끌어왔다. 그런데 이 모든 것을 글로 표현해 내기란 여간 쉽지 않은 일이었다. 그래서 나는 언제부터인가 시간이 나고 생각이 날 때마다 하나 둘 지난 이야기들을 정리해 왔다. 그렇게 어느 정도 정리 될 무렵 한 일간지 기자가 나의 글을 책으로 만들어 보자고 했다. 처음 글을 쓰는 사람, 특히 기업 경영자가 글을 쓰겠다는 결심을 한다는 것은 내 경험으로 비추어보아 참으로 조심스럽고 걱정되는 것이 사실이다. 그러나 결국 나는 장사하는 사람으로서 내 경험과 신념을 팔기로 결심했다.

좋은 책이란 자고로 지식이나 지혜를 독자에게 주어야 한다. 그러나 나는 이 책을 쓰면서 부를 축적하는 방법으로서의 내 성공경험과 더불어 실패사례를 전하고자 노력했다. 물론 지혜는 내 자신이 늘 간절히 갖고자 하는 정신적인 재산이요, 삶을 살아가는데 공기만큼이나 소중한 것이다. 그리고 이 지혜의 발산은 자연스레 부와 건강을 양산하며 어김없이 현재보다 더 밝은 미래로 인도해 준다고 평상시 나는 확신하고 있다. 만약 누군가가 이 책을 통해 지혜를 주시는 절대자를 발견할 수 있다면 나는 글을 쓰게 된 목적을 달성했다고 생각하며 주체할 수 없는 기쁨과 보람을 느낄 것이다.

다만 부디 젊은이들로 하여금 너무 빨리 변화하는 세상에서 그 변화에 새겨진 각각의 원칙을 발견할 수 있는 능력을 키우고 자신의 정체성을 잃지 않는 원칙중심의 물질관과 인생관이 확립됐으면 하는 소망을 가져본다. 그리고 꿈과 현실을 잘 조화해서 뱀 같이 슬기롭고 비둘기 같이 순결한 지혜를 지닌 많은 경영자가 나왔으면 하는 바람이다.

이러한 글을 쓸 수 있게 인도하신 분께 감사드리며 출간을 위해 애써주신 관계자 여러분들께 깊이 고마움을 전한다.

한국유나이티드제약 CEO 강 덕 영

글의 순서

■ 여는글

1부 나의 사업 이야기

- 샐러리맨들이여, 일을 사랑하라

2부 나의 인생 이야기

- 일을 사랑하지 않으면 떠나라

3부 나의 길, 나의 신앙

– 한 알의 밀알이 떨어져 천 배의 열매를 맺는다

1부 나의 사업 이야기

샐러리맨들이여, 일을 사랑하라

세계에는 1백30배 큰 시장이 있다

'홈타민진생 만리장성 넘었다'

'유나이티드 미 서부개척 나서'

'매출 1조 원 달성 가능하다'

한국유나이티드제약의 눈부신 성장에 대해 각 신문사들은 앞
다투어 이런 기사의 제목들로 대서 특필했다. 한국유나이티드제
약은 2001년 매출 650억 원, 순이익 120억 원을 목표로 세웠다.

87년 한국유나이티드제약이 창업한 이래로 지금까지 단 한
해도 적자를 낸 적이 없다. 특히나 지난 회기 즉 99년 4월부터
2000년 3월까지를 비롯해 최근 5년 간은 연평균 40% 이상이
라는 고성장률을 기록했다. 더구나 매출액 중 30% 정도가 수
출로 인한 이익이라는 점을 감안하면 우리 회사가 해외시장에
서 더욱 강한 면모를 보이고 있음을 알 수 있다.

우리는 현재 항암제, 항생제, 관절염치료제, 순환기계 치료
제 등 3백여 종의 의약품을 생산하고 있으며, 그 생산품 대부분
이 필수 치료제로 주류를 이루고 있다. 생각해 보건대 제약업은
지난 100여 년 동안 타 업종에 비해 대단히 빠른 속도로 공업

화를 이뤄 왔고, 국민 경제에 미치는 영향력도 대단히 크다.

그러나 우리 제약업계는 외국에 비하면 너무나 열악한 상황이다. 우리나라의 자동차나 철강, 조선, 건설 등은 아주 빠른 시일 안에 세계적인 기업으로 급성장했다. 그에 비하면 제약업계는 너무나 대조적인 현실을 보이고 있다. 그 이유를 나는 우리 제약업계가 세계로 눈을 돌리지 못했기 때문이라고 본다.

우리 제약업계는 그 동안 외국에서 원료와 기술을 들여와 로열티를 주고, 광고를 통해 국내에서 약을 파는 데만 주력해 왔다. 약을 팔아 이익을 챙기는 데만 급급하다 보니 우리 기술로 개발한 약품 하나 제대로 못 갖추고 있다. 이런 실정이고 보니 국내 시장을 벗어나 넓은 세계 시장으로 진출할 계획은 꿈에도 생각할 수 없는 형편이다.

나는 더 이상 우물 안 개구리로 머물러서는 안된다고 생각했다. 그래서 우리 의약품을 팔기 위해 거의 8년 동안 세계 각국을 쉴 새 없이 찾아다녔다. 아프리카, 브라질, 인도, 중국, 루마니아 등 수많은 국가를 돌아다녀 봤지만 자국의 기술로 약다운 약을 만들고 있는 나라는 거의 전무한 상태였다.

현재 아시아권에서는 한국과 일본만이 그래도 자국의 기술로 약다운 약을 만들고 있는 형편이다. 대만이나 싱가포르, 필리핀 등은 모두 다국적 제약회사가 이미 중요한 약을 독점하고 있으며 선진국의 다국적 제약회사들은 동남아나 중남미 등 개발도상국 진출을 강화하여 이들 나라의 시장을 독점하다시피 하고 있다. 이들 다국적 제약회사들은 자국 기업의 독점권을 이용하여 고가정책을 쓰고 있기 때문에 개발도상국들에서는 한정된 국가 예산으로 비싼 약값을 감당해야 한다. 이로 인해 국민 건강에 심각한 타격을 입고 있다.

이와 같은 상황을 고려해 볼 때 식량 무기화와 더불어 의약품 무기화도 우리의 생존을 위협하는 심각한 문제다. 또한 국제소비자보호단체 HAI에서 최근 39개 국에 공통으로 사용되는 21개 약품 소매가를 분석한 결과, 의약품 가격이 마치 정글 법칙과 같음을 알 수 있다. 다시 말해 정글에서는 힘에 의해 삶과 죽음이 판가름나는 것과 같다. 즉 저소득 국가에서는 다국적 제약회사 마음대로 약값을 높게 책정하기 때문에 돈없고 힘없는 국민은 약값이 없어서 살릴 수 있는 생명을 죽일 수밖에 없는게 현실이다.

이는 연간 120 달러 소득에 불과한 탄자니아에서의 소매 약값 평균이 2만 달러 소득의 캐나다보다 높게 나타나고 있음을 보면 잘 알 수 있다. 다시 말해 캐나다 노동자가 8일 동안 일해서 살 수 있는 약을 탄자니아 노동자는 215일 동안 땀 흘려 일해야만 겨우 살 수 있다는 얘기다. HAI보고서에 따르면 남아프리카공화국의 의약품 평균 가격이 조사 대상이 된 유럽 8개 국에 비해 가장 비싸다는 것이다.

이와 같은 결과들로 미루어 볼 때 자국의 기술로 약품을 개발하는 제약회사가 없다면 그 나라 국민은 결코 질병에서 자유로울 수 없다. 그러므로 우리 약품이 좀 부족하고 질이 떨어진다 하더라도 우리 국민들이 후원해 주고 키워 주지 않으면 열악한 상황의 우리 제약회사들은 높은 기술력과 물량으로 밀어붙이는 다국적 제약회사들을 당해낼 수가 없다. 우리 제약회사가 다국적 제약회사에게 모두 잠식당하면 우리도 아프리카 후진국가들처럼 약값 때문에 목숨을 포기해야 하는, 참으로 기막힌 상황을 당하게 될지 모를 일이다. 그 옛날 일제시대 때 조만식 선생이 주장하셨던 국채보상운동과 국산품 장려운동이 바로 이런 맥락에서 비롯된 것이라 하겠다.

그런데 최근 들어 세계화의 붐을 타고 다국적 제약회사의 무차별 공격이 더욱 가속화 되고 있다. 때문에 나는 해외 수출이 무엇보다 중요하다고 판단했다. 즉 이제 우리 제약업계가 살 길은 오직 해외시장 개척뿐이다. 우리나라 제약 시장 규모는 총 5조 원으로 세계 전체 규모의 1%에 불과하다. 그러니 밖으로 눈을 돌리면 99%라는 어마어마한 세계 시장이 우리를 기다리고 있다. 나는 이 엄청난 세계 시장에 도전해 보고 싶었다. 주변에서는 나의 이런 도전을 무모하다고 비아냥거렸지만 우리 회사는 작년에 30여개 국에 총 3백여 품목의 완제약품을 1000만 달러 판매했다. 그 누구도 상상치 못한 결과였다. 금년에도 1천5백만 달러 이상으로 수출 목표액을 높이고 발이 부르트도록 세계 각국을 힘차게 누비고 있다.

아픔을 함께 하는 따뜻한 기업

"조그만 샘물에서 시작하여 강을 이루니 드넓은 바다가 보이네."

우리 회사 사가의 일부다. 우리는 이처럼 작은 물방울에서 시작해 강물이 되고 이제는 거대한 바다를 이뤄 가고 있다. 원료의약품, 완제의약품, 화장품, 건강식품, 생활용품, 플랜트 수출 등으로 2008년까지 1조 원의 매출을 위해 회사의 모든 직원들이 불철주야 애쓰고 있다. 게다가 우리는 현재 미국과 베트남, 요르단에 현지 공장이 완공됐으며 LA와 필리핀, 베트남 등에는 지사까지 두고 있다. 이것으로 우리는 어느 정도 다국적 제약회사의 모양새를 갖춰 가고 있다.

나는 한국인이 주인인 다국적 제약회사를 내 손으로 만들고 싶었다. 그렇지만 다른 다국적 제약사처럼 자신들의 이익만을 위해서 인정사정없이 저소득 국가에 비싼 값으로 약을 파는 그런 몰염치한 기업을 만들고 싶은 생각은 추호도 없다. 그 어떤 것보다 소중하고 귀한 생명을 담보로 기업의 잇속만 챙기는 그런 일은 인간의 양심으로 절대 해서는 안 되는 일이라고 생각하기 때문이다.

내가 생각하는 다국적 제약회사는 아픈 이들의 이웃으로, 그리고 최고의 품질을 적절한 가격으로 제공하는, 사랑을 주는 기업이 되는 것이다. 아픔의 고통을 함께 할 수 있는 따뜻한 기업 말이다. 돈이 없어서 살릴 수 있는 목숨을 포기하는 저소득 국가들의 안타까운 현실을 조금이나마 바꿀 수 있다면 나는 더 이상 바랄 게 없다. 이것이 바로 내가 다국적 제약회사를 만들고자 하는 진정한 이유다. 그리고 또한 이것이 바로 한국인의 얼과 문화를 세계에 전파하는 길이라 믿는다. 아픈 이들과 함께하는 따뜻한 기업으로 우리 회사가 한국의 좋은 이미지를 세계 속에 심는다면 이것도 일종의 국위선양이 될 수 있지 않을까.

이렇게 하기 위해서 무엇보다 먼저 선결해야 할 문제는 바로 기술력의 축적이다. 우리가 선진국의 기술을 빌려 와서 로열티를 지불하고 제품을 만든다면 가격 면에 있어서 이미 승산이 없다. 우리보다 한 발 앞서서 탄탄한 자본력을 토대로 물량공세를 펴고 있는 다국적 제약회사와의 싸움에서 이기려면 양질의 약품을 그들보다 저렴한 가격으로 공급해야 한다. 이를 위해서는 우리 나름의 기술 개발이 무엇보다 시급하다. 또 우리 모두가 이 분야의 전문가가 되어야 한다.

'우리는 전문가! 우리가 일류 회사를 만든다'

이것은 우리 회사 행사 때마다 직원들이 모두 함께 외치는 구호이다. 21세기는 광통신으로 연결되는 무한한 사이버 세계에서 기업경쟁이 이뤄지기 때문에 기업도 개인도 전문화가 되지 않으면 이 극심한 생존경쟁에서 결단코 살아남을 수 없다.

개인은 뭔가 자신만의 특별한 노하우를 가지고 있어야 하고, 어떤 한 분야에서 전문가가 되어야만 이 사회에서 존립할 수 있다.

과거에는 어느 대학 나왔는지 간판만 괜찮으면 평생 그것으로 밥벌이를 할 수 있었지만 지금은 상황이 많이 달라졌다. 학벌이나 졸업장에 의해 전문가임을 증명할 수 있었던 시절은 이미 지났다. 아무리 학벌이 좋아도 시대 흐름에 발맞추는 전문 지식을 갖추고 있지 않으면 이 사회에서 도태되기 십상이다. 즉 변화가 극심한 이 사회 속에서 당면한 문제를 해결하고 미래의 문제를 예측하기 위해서는 보다 실용적인 전문성이 필요하다. 그러므로 끊임없이 자기 발전을 위해 연구하고 노력하여 실용적인 전문 지식을 습득하는 것만이 21세기 사회의 구성원으로 살아남을 수 있는 최선의 길이라 하겠다.

이와 같은 생존 전략은 기업도 마찬가지다. 기업도 고유의 정보와 전문적 지식에 의해 그 수준이 판단되고, 기업의 성장 발전이 좌우된다. 시장이 변화하고, 기술이 엄청난 속도로 발전할 뿐 아니라 경쟁자들이 급증하며 신제품들이 거의 하룻밤 사이에 낡은 것으로 취급받는 상황에서 성공적인 기업이 되기 위해서는 새로운 지식을 끊임없이 창출하고 파급시켜 기술과 제품으로 구현시켜야 한다. 그러므로 얄팍한 상술로 단기적인 이익을 쫓기에 급급하기 보다는 거시적인 안목으로 기업 나름대로 전문화된 기술을 개발해야 한다.

이를 위해서는 무엇보다 전문화된 인력 확보가 관건이다. 다시 말해 인재를 발굴하고, 연구진을 양성하는 것에 기업의 사활이 걸려 있다고 해도 과언이 아닐 것이다. 여기에는 인재를 알아볼 줄 아는 경영자의 혜안이 가장 중요하게 작용한다고 본다. 세계를 바라보는 경영자의 거시적 안목이 기업의 미래를 결정짓기 때문이다. 이처럼 인재를 알아볼 줄 아는 혜안을 가진 경영자는 그 인재를 어디에 배치해야 가장 효과적으로 실력을 발휘하게 할 수 있는지도 이미 알고 있다. 아무리 뛰어난 인재라 할지라도 제자리를 찾지 못한다면 무용지물이나 다름이 없기 때문에 인재를 적재적소에 배치할 수 있는 경영자의 노하우 역시 기업의 성공 여부에 큰 몫을 한다고 하겠다.

위기는 곧 기회다

    의약 분업의 회오리는 우리 사회 전반에 대단히 강한 영향력을 미쳤다. 장기화 된 병원 파업으로 중병을 앓고 있는 환자들뿐 아니라 일반인들까지 많은 고통에 시달렸고 이로 인해 각 병원과 의사뿐만 아니라 제약업계도 상당히 큰 타격을 입었다.

    때문에 우리 회사도 요즈음 몇 개월째 매출이 떨어지고, 수금도 잘 안되는 어려운 상황에 직면해 있다. 새벽부터 간부 회의를 주재하고 바쁘게 돌아가는 회사 일을 이것저것 챙기다 보면 어느 새 밤 10시가 넘는다. 집으로 돌아와 잠자리에 누우면 정말로 몸이 풀솜처럼 처진다. 게다가 매주 금요일이면 공장에서 밤12시까지 공장 임원들과 마라톤 회의를 한다. 회의를 마치고 공장 식구들과 소주잔을 돌리며 담소를 나누다 보면 어느 새 새벽 2시가 훌쩍 넘어서기 일쑤다.

    공장에 내려올 때마다 생산성 향상과 공장 자동화 문제로 다그치고 그렇게 쉴 틈없이 몰아치며 힘들게 해도 군소리 없이 잘 따라 주는 임직원들이 여간 고마운 것이 아니다. 이런 임직원들이 있었기에 우리 회사는 IMF의 위기를 무사히 넘길 수 있었다. 아니 오히려 우리는 IMF 때 기본 상여금 외에 특별 성과급까지 지급했다. 단 한 명의 직원도 구조조정하지 않고 매출도 40% 이상의 고속 성장을 할 수 있었다. 그런데 의약 분업은 IMF 때보다 상황이 더 심각한 것 같다.

요즘은 보험수가 인하와 더불어 병원과 약국의 구매가 계속해서 줄어들고 있는 상황이라 회사 입장에서는 이를 위한 타개책 모색에 부심하고 있는 실정이다. 그러나 위기가 곧 기회라고 하지 않았던가. 위기라고 해서 그것이 지나가기만을 소극적인 자세로 기다릴 것이 아니라 위기를 기회로 만들기 위해 더욱 적극적인 공세를 펴야 한다는 것이 나의 경영 철학이다. 그래서 남들이 어렵다고 생산 설비에 대한 투자를 줄이고, 직원들의 감원을 통해서 살 길을 찾으려 할 때 우리는 오히려 공격 경영을 했다. 즉 과감하게 설비에 더 많은 예산을 투자했고, 단 한 명의 직원도 감원하지 않았다. 오히려 IMF로 인해 대기업에서 쫓겨난 우수 고급인력들을 대거 흡수하여 연구력을 더욱 보강했다.

우리 회사 중앙연구소 소장의 책임을 맡아서 열심히 일하고 있는 안승호 박사, 그리고 이번 약제학회에서 제제기술상을 받은 신현종 박사 등이 IMF로 인해 우리 회사가 얻게 된 귀한 인재들이다. 안 박사는 해외 유학파로 제일제당 연구소에서 근무하다 IMF 때 연구소 인원 감축으로 우리와 함께 일하게 되었다. 신 박사도 동아제약과 보령제약에서 일하다 IMF로 인해 우리 회사에 합류하게 됐다.

우리 유나이티드제약은 특히 연구인력 확보에 있어서 참으로 IMF의 덕을 많이 봤다. 사실 앞으로는 경쟁의 양상이 지금처럼 자본의 싸움, 기술의 싸움이라는 차원을 넘어서 '두뇌와 문화의 싸움'으로 전개될 것이라는 전망이 지배적이다. 또한 '지적 창조력'이 진정한 기업 경쟁력의 원천으로 자리매김하게 될 것이 분명하다. 때문에 우수 인력 확보는 기업의 성패와 관계되는 매우 중대한 일이라 하겠다.

　　하지만 중소기업의 경우 그것이 말처럼 쉬운 일이 아니다. 우수 인력들 대부분이 보수도 많이 주고, 연구 조건도 좋은 외국계 기업이나 대기업을 선호하기 때문이다. 그래서 우리 회사도 연구진을 양성하고 기술력을 보강하는 것이 무엇보다 중요하다는 것을 뼈저리게 느끼고 있었지만 우수한 인력을 확보하기가 참으로 어려웠다. 그런 의미에서 IMF라는 위기는 우리에게 고급 인력을 다수 확보할 수 있는 기회로 작용했다. 결국 IMF 위기가 우리에게는 곧 기회가 됐다고 할 수 있다.

　　누군가 '하나의 문이 닫히면 다른 하나의 문이 열리기 마련'이라고 하지 않았던가. 위기는 바로 또 다른 기회의 시작일 뿐이다. 그러므로 출발점에 선 선수처럼 새로운 각오와 자신감으로 IMF 당시의 경험을 살려 이번 의약 분업으로 인한 위기도 전화위복의 기회로 바꾸기 위해 한마음으로 단결해야 할 것이다.

약함을 자랑스럽게 여기는 용기

누군가 나에게 '당신은 왜 제약업을 선택했느냐?'고 묻는다면 '제대 후 사회생활 첫 직장이 제약회사이었기 때문'이라고 대답할 수밖에 없다. 그만큼 나와 제약업과의 인연이 남다를 게 없다는 얘기다.

부모로부터 많은 유산을 물려받아서 그것으로 사업을 편하게 시작할 수 있었던 운 좋은 사람도 아니었던 나는 30년 전 제약회사 말단 영업사원으로 직장생활의 첫발을 내딛었다. 그 후 의약품 수입상, 납품 도매상 그리고 제조업까지 여러 번의 위기와 많은 어려움을 이겨내면서 지금의 한국유나이티드제약을 이룩해 냈다. 맨주먹으로 지금의 성공을 이뤄 냈기 때문에 철저히 자수성가한 셈이다. 때문에 나는 어떤 경쟁이나 위기에도 절대 두려워하거나 근심으로 시간을 지체하지 않는다. 어떤 역경에도 나는 일단 목표가 세워지면 오직 그것을 향해 앞으로 달려갈 뿐이다. 이제 제조업을 시작한지도 벌써 13년째가 됐다. 뒤돌아 보면 아찔한 순간도 많았다. 참으로 겁없이 지냈던 시절이었다.

69년 외대 무역학과를 졸업했고, ROTC 7기 통역장교로 임관했다. 71년 제대 후 불경기로 인해 직장 구하기가 쉽지 않았다. 수 십 통의 이력서를 여기저기 가리지 않고 넣은 결과 가까스로 얻은 귀한 직장이 바로 스위스 산도스제약의 영업사원직이었다.

산도스제약은 스위스에서 제법 큰 기업 중 하나로 꼽히는 다국적 기업이었다. 때문에 월급도 그 당시 국내 다른 기업보다 두 배나 많은 1백 달러나 됐고, 직원들 교육에 있어서도 다국적 기업답게 대단히 철저했다. 처음 입사한 후 거의 6개월 동안 제품교육을 비롯 영업방법을 교육받았다. 모든 면에서 철저한 선진 제약기업의 교육이었기 때문에 내가 사회 생활하는데 큰 도움이 됐다. 특히나 내가 회사를 창업해서 이만큼 성장시키기까지 그 때 받았던 교육이 큰 원동력이 됐다.

아침 9시부터 시작되는 교육은 오후 6시가 되어야 끝이 났다. 모든 수업은 완전히 영어로 진행됐다. 몇 마디 알아듣지 못했지만 그래도 열심히 귀를 모아 들었다. 처음에는 영어로 의사소통하는 것이 여간 힘들고 고통스런 일이 아니었다. 하지만 거기에 내 밥줄이 달려 있다고 생각하니 게으름을 피울 수가 없었다. 정말 계속되는 긴장의 연속이었다.

하지만 그 때 영어를 습득하기 위해 흘렸던 귀한 땀방울이 내가 해외시장을 개척하는데 있어서 얼마나 큰 도움이 됐는지 모른다. 게다가 해외에 나가 보니 각 국에 산도스제약 출신의 영업사원이 상당히 많았다. 그들 중 많은 수가 수입도매상을 하고 있었다. 같은 회사 영업사원으로 근무했었다는 동질감은 그들과 거래를 트는데 손쉬운 매개가 됐다.

이처럼 산도스제약회사 시절은 내 인생에 큰 재산이 됐다. 모든 교육을 마친 후에 내가 매일 하는 일은 바로 커다란 가방에 약품 샘플과 설명서를 가득 담고서 이 병원 저 병원을 돌아다니는 것이었다. 낯모르는 의사들에게 우리 회사 제품을 홍보하고 약을 파는 것이 나의 주된 업무였다. 그러나 전혀 안면이 없는 사람들을 상대로 물건을 판다는 건 결코 쉬운 일이 아니었다. 지금은 그래도 많이 인식이 좋아졌지만 그 당시만 해도 영업사원이라고 하면 회사에서조차 외판원이라고 부르며 대우를 제대로 해주지 않던 시절이었다. 오죽하면 영업사원은 장가가기도 힘들다는 말이 나왔겠는가.

커다란 가방 들고 이 병원 저 병원을 전전하다 보면 동창생들과도 종종 마주쳤다. 그때마다 조금은 부끄럽고 겸연쩍어서 일부러 못 본 척 피한 경우도 많았다. 또 의사들에게 우리 회사 제품을 써줄 것을 부탁하는 직업이라 비굴함을 느낄 때도 있었다. 하지만 나는 그것을 나의 천직이라 생각하고 참으로 열심히 일했다. 발이 부르트고 구두 뒤축이 닳아 없어질 정도로 정말 열심히 뛰었다. 그러자 실적도 점점 오르고 일하는 노하우도 쌓여서 점차 수월해졌다. 차츰 나는 그 누구보다 내 직업에 대해 자부심과 만족감을 느끼게 됐다.

지금도 그 당시 같이 일했던 멤버들과 일 년에 몇 번씩 만나는 모임을 계속하고 있다. 서로 만나면 어려웠던 그 시절 이야기로 꽃을 피운다. 그들 모두는 어떤 장소에서든 자신이 영업사원이었다는 사실을 자랑스럽게 이야기한다. 보통사람들이라면 현재에 비해 어려웠던 자신의 과거를 숨기고 싶어할텐데도 이렇게 터놓고 이야기할 수 있다는 것은 그만큼 그 시절 경험이 그들의 삶에 많은 도전과 자극이 됐기 때문이다. 그처럼 어렵고 힘들었던 영업사원으로서의 경험이 없었다면 그들의 지금 성공은 아마 없을 지도 모르는 일이다. 내가 과거에 많은 사람들이 괄시하던 영업사원이었고, 그것을 통해 지금처럼 성공했다고 당당하게 말할 수 있는 그 친구들의 모습이 나는 한없이 자랑스럽다. 나 역시도 어디서나 나의 영업사원 시절을 당당하게 이야기한다. 보잘 것 없었던 과거를 숨기고 영광스런 오늘만 강조한다면 현재 그 사람의 성공은 진실이 아니라 허상일 뿐이라고 생각하기 때문이다.

진정으로 성공한 사람은 자신이 어려울 때 겪었던 그 아픔을 통해 다른 사람의 아픔을 이해할 수 있어야 한다. 자신의 부족한 부분을 과감하게 드러낼 수 있는 그런 용기가 바로 성공을 향한 밑거름이 아닐까. 나의 약함을 자랑스럽게 여길 수 있는 용기로 만들어 주신 분들께 감사드린다.

아날로그 시대의 향수

　요즘 세상의 변화가 너무도 급박해서 따라가기가 쉽지 않다. 그 중 가장 큰 화두가 바로 '디지털'이다. 디지털 시대에 물질의 기본 단위가 아톰이 아니라 비트라는 명제가 최근 세계를 뒤덮고 있다. '디지털'이라는 정보혁명은 전세계가 현실적으로 동시에 쌍방향의 정보유통이 가능해졌다는 것을 뜻한다. 이제 디지털 시대에 적응하지 못하면 21세기에 결코 살아남을 수 없다는 사실은 누구나 공감하는 바일 것이다. 왜냐하면 이같은 디지털화는 한번 유행하고 끝나는 일시적 흐름이 아니라 우리의 삶 전체를 바꾸어 놓을 수 있는 큰 혁명이자 상전벽해이기 때문이다.

　하지만 우리는 1900년대 교육을 받은 아날로그 세대이다. 우리 아날로그 세대가 디지털화 되려면 자신이 교육받았던 아날로그식 사고방식을 180도로 전환시켜야 한다. 과거의 규칙이나 질서에 순응해 온 우리 기성세대가 살아남기 위해서는 디지털 마인드를 가져야 한다. 즉 기존의 아날로그라는 낡은 사고방식은 떨쳐 버려야 한다.

　과거 학창시절, 밤을 새워 가며 외우고 공부했던 것들이 21

세기를 살아가는 우리에게 얼마나 도움이 될 지 의문스러울 지경이다. 도움은 커녕 디지털화를 방해하는 쓸모없는 장신구에 불과하다는 생각이 요즘 들어 부쩍 자주 든다.

그래서 나는 21세기를 어떻게 살 것인가 심각한 고민에 빠졌다. 솔직히 말하면 나는 21세기에 살고 싶지 않다. 변화는 어려운 것이고 불편한 것이며, 예측할 수 없는 미지의 것이다. 어쩌면 지금 누리고 있는 혜택을 박탈당하게 될 지도 모른다. 그러니 누가 변화 그 자체를 좋아하겠는가?

몇 년 전 러시아에 영업 차 자주 방문한 적이 있었다. 그 곳에서 내가 목격한 것은 늙은 아날로그 세대는 일자리는 커녕 먹을 것도 제대로 구할 수 없어 거지 신세로 전락하고 있는데 젊은 디지털 세대는 벤츠를 타고 거리를 활보하는 모습이었다.

시대 변화에 적응하지 못하는 늙은 아날로그 세대는 더 이상 어떤 곳에서도 환영받지 못한다. 아날로그 세대는 의지할 데 없이 쓰러져 가고 디지털 교육을 받은 젊은이들만 승승장구하는 세상, 이것이 21세기라면 나는 차라리 그 시대에 살고 싶지 않다.

며칠 전 우리 사회에서 어느 정도 성공했다고 할 수 있는 대기업의 임원 친구들과 이야기를 나눴다. 그들 중 한 명이 '요즘 20대 30대 벤처 사장들은 10억 원 알기를 우습게 아는데 나는 지금까지 무엇을 했는지 모르겠다'고 한탄하는 얘기를 들었다. 그 얘기를 들으며 나 역시 '인생을 잘못 살아온 게 아닌가' 하는 반성 아닌 반성을 하게 됐다.

앞으로 도래하는 세계는 80 : 20의 사회가 될 것이라는 사회

학자들의 분석이 나오고 있다. 즉 세계의 80%는 도태되고, 나머지 20%만이 살아 남는 세상이 된다는 얘기다. 나는 이런 세태가 싫다. 그렇다고 무작정 변화의 흐름을 거부할 수만은 없는 일이다. 살아 남기 위해서는 주어진 상황에 더욱 적극적으로 대처할 수밖에 없다. 앞으로 다가올 시대는 인간 자체만으로 존엄성을 갖기 어렵고, 자신의 타고난 재능을 발견하고 계발한 사람만이 사회적 인정과 경제적 부를 갖게 될 것이기 때문이다.

자신에 대한 투자는 미래 인생의 깊이를 결정한다. 결정하기에 따라 행복하고 보람있는 인생을 살 수도 있고, 쫓기고 쫓겨 막다른 골목으로 몰릴 수도 있다. 그래서 나는 새로이 공부를 시작하기로 했다. 그래서 경희대 경영학과 박사과정에 입학을 했다.

21세기를 사는 방법으로 경영학부터 다시 해 보려는 생각에서였다. 의도는 좋았으나 너무나 업무가 많이 밀려 있다 보니 제대로 공부할 여유를 가질 수 없는 게 안타까운 일이다. 또 새로운 개념을 받아들이기에는 내 나이가 너무 많고, 머리도 많이 굳어 버린 듯하여 한계를 많이 느낀다. 하지만 시간 나는 대로 열심히 디지털 경영학을 배워 새로운 경영풍토에 대응하려고 노력하고 있다.

나는 아직도 미국에 출장가면 김치나 고추장이 없으면 밥을 먹지 못한다. 어쩔 수 없는 나의 촌스러움이다. 그래서 세월이 더 흘러서 모든 것이 디지털화 되어도 나는 아마 정이 그대로 묻어나는 아날로그 세상을 그리워 할 것이다. 나는 지금도 인간 냄새 물씬 나는 아날로그 시대가 더 좋다.

생명공학, 이것이 살 길이다

앞으로 가장 유망한 산업은 E-비지니스이고, 그 다음으로 건강 산업이라는 분석이 지배적이다. 그렇기에 어떤 사업이든 환경 친화적이어야 한다. 공해를 유발하는 사업은 빨리 포기하는 것이 현명하다고 본다. 왜냐하면 환경을 오염시키고 인간의 건강을 해치는 산업은 조만간 도태되고 말 것이 분명하기 때문이다.

또한 우리나라도 머지않아 고령화 사회로 접어들 전망이다. 일반적으로 노령인구의 비율이 7%에 도달한 때를 고령화 사회라고 한다. 인구의 고령화란 한 국가의 인구 중에서 65세 이상의 노인 인구의 비율이 높아지는 것을 말한다. 우리나라는 96년에 이미 노인 인구가 5.8%에 달했고, 오는 2021년에는 13.1%가 될 것으로 전망되고 있다. 이처럼 앞으로 의술과 의약품의 발달로 인간의 수명이 점차 길어지는 반면에 샐러리맨의 은퇴 연령은 점점 낮아질 것이다. 즉 인간의 평균 수명은 80세에 달하는데 샐러리맨은 50대 후반이면 직장에서 물러나야 한다.

그렇다면 과연 직장을 그만 둔 후, 80세까지 제2의 인생을 어떻게 보낼 것인가. 제2의 인생을 어떻게 좀더 보람있게 보내느냐 하는 것이 인생의 질을 판가름하게 될 것이며 국가적으로도 이들의 여생을 어떻게 책임지느냐에 따라 사회의 안정이 좌우될 것이다. 이것은 바로 우리 모두가 21세기에 풀어야 할 과제가 아닐 수 없다. 따라서 지금은 초등학생을 비롯한 청소년들을 대상으로 하는 마케팅이 주효하지만 앞으로는 실버 세대가 기업의 주요 고객이 될 것이라는 전망도 적지 않다. 이런 맥락에서 우리 회사는 앞으로 단연 건강실버산업이 유망하다고 판단했다.

때문에 이를 위해 건강실버산업과 관련된 연구소를 만들고 그것에 관한 연구에 심혈을 기울이고 있다. 또한 생명공학, 건강, 화장품 분야의 연구에 중점 투자를 하고 있다. 이번에 우리 회사가 개발한 고부가가치 항암제 탁솔은 인도 등지에 수출 계약이 이미 완료되었고, 면역 억제제인 싸이크로스포린A는 중남미와 인도 등지에 수출 계약 단계에 있으며, 한국 내 시판도 준비하고 있다. 삼성의료원 이제호 박사와 공동 연구 중인 아데노 바이러스 벡타 연구는 유전자 치료제로서 앞으로 21세기를 주도할 중요한 분야인데 우리 회사가 그 분야에 앞장서고 있다. 또한 간암진단시약은 생명공학연구소와 공동으로 연구하고 있으며 고혈압 치료제인 펠로디핀 합성연구는 앞으로 원료합성과 완제의약품을 연결하며 세계적인 기업으로 커가는데 주요한 역할을 할 것으로 생각된다. 특히 항암제 분야에서 원료합성 연구와 제제 연구는 매출 신장에 크게 도움을 줄 것으로 예상된다.

우리 유나이티드제약은 원료합성 연구부터 완제의약품 제제와 유전자 치료제 연구에 이르기까지 차세대 생명공학 연구에 최선을 다하고 있다. 더불어 미국제약회사인 유나이티드 더글라스를 통한 미국의 선진벤처기업과의 공동 연구를 계획하며 선진제약으로 도약을 준비하고 있다. 이를 통해 우리 회사는 노인들의 생명을 단순히 연장한다는 의미가 아니라 그들이 보다 건강하게 여생을 보낼 수 있도록 돕고 싶다.

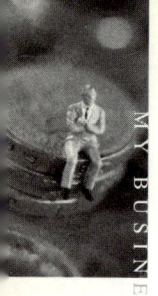

정부정책 잘 알면 돈이 보인다

지난 99년은 꽤나 상(賞)복이 많았던 한해였다. 의약품 수출을 잘 했다고 5백만 달러 수출탑을 수상했는가 하면 물 없이 먹는 효과 빠르고 부작용이 적은 진통제인 '알카펜'을 만들어서 우리 회사 연구소의 신현종 박사가 한국약제학회로부터 제제기술상을 받았다. 그리고 충남 기업인 대회에서 종합대상도 받았는데 이는 1999년도 충청남도 전체 회사 중 경영능력과 수출 및 기술력 등 모든 면을 종합 평가해서 가장 높은 점수를 받은 기업체에게 주어지는 것이기 때문에 그 어떤 상보다 의미가 깊고 자랑스러우며 명예로운 상이다. 우리 회사가 수상하기 이전에 미래산업에서도 이 상을 수상했었다고 한다. 우리 회사가 미래산업과 같은 대열에 들었다는 것만으로도 나는 대단히 흡족했다. 또한 이 상은 충청남도 기업인을 대상으로 하는 것이기 때문에 지역친화적인 기업이어야 받을 수 있었다. 그런데 충청도 출신도 아닌 내가 받았다는 것은 의외의 일이라 더욱 감사했다.

나는 전형적인 서울 토박이라 지역 감정 따위는 전혀 없다. 그래서일까. 우리 회사 직원들의 출신 지역이 매우 다양하다. 충청도, 호남, 영남, 이북 등 직원을 채용할 때 출신 지역을 전혀 고려하지 않고 뽑기 때문에 차별이 있을 수 없다. 지역뿐 아니라 우리 회사에는 성별이나 학벌에 대한 편견도 없다. 그래서 오래된 기혼 여성 관리직 사원이 우리 회사에는 유독 많다. 어쨌든 충남에 자리잡고 사업을 하면서 지역적 차별도 받지 않고 귀한 상까지 받게 됐으니 참으로 고맙고 기쁜 일이 아닐 수 없다.

충남 기업인 종합대상 시상식이 있던 날, 여러 기업인과 관계 공무원들이 그 자리에 모였다. 나는 거기서 '긍정적인 눈으로 정부를 보면 돈이 보인다'고 말했다. 혹자는 도지사 앞에서 웬아첨이냐고 비아냥거렸지만 그건 나의 진심이었다. 원래 나는 잘못된 것을 보면 그것을 지적하지 않고는 지나치지 못하는 성격이라 남에게 듣기 좋은 말을 억지로 하지는 못한다.

대다수 기업인들은 공무원들이 기업의 일을 방해하고 감시할 뿐 기업 발전에는 전혀 도움이 되지 않는다고 생각한다. 하지만 나는 그것이 편협된 오해요 편견이라고 본다. 95년 지방자치제도 실시 이후 각 지역의 도지사를 비롯해 관계 공무원들은 지역경제 발전을 위한 자금 확보 등으로 기업을 돕기 위해 발벗고 나섰다. 그것이 비록 그들이 다음 지자제 선거 때 재선되기 위한 전략일지라도 기업인들에게는 큰 도움이 될 수 있는 일이다.

충청남도에도 기업인들을 돕기 위한 프로그램이 매우 많다. 특히 심대평 충남도지사는 재계에서 알아주는 '경제통'이며 관계 공무원들도 경제마인드로 무장되어 있다. 그래서 중소기업 지원정책자금, 중소기업진흥공단 자금, 신용보증기금·기술신용 보증기금, 벤처 자금 등 수없이 많은 기업에 저렴한 이자로 자금 혜택을 주고 있다. 또 각 군에도 자금이 따로 마련되어 있어 영세기업부터 중소기업까지 다양하게 도와 주는 각종 혜택이 있다.

이런 상황인데도 자세히 알아보지 않고 정부와 공무원들이 도와 주지 않는다고 뒤에서 불평만 하는 기업인들이 우리 주변에 상당히 많다. 그러므로 한번쯤 관계 기관을 찾아가서 허심탄회하게 담당자와 상담을 해 보면 기꺼이 도와 줄 준비가 되어 있는 그들을 만날 수 있을 것이다. 그들은 정부와 관련 기관의 기업지원정책을 소개해 주고 상담 후 그 회사에 맞는 대책도 마련해 줄 것이다. 이로써 상담자는 기업운영이 훨씬 더 수월해질 것이다. 이 밖에도 중소기업청과 중소기업진흥공단 등에서도 교육, 기술, 디자인, 수출, 전산 등 중소기업을 도와주는 프로그램을 많이 운영하고 있다. 그러므로 '두드려라, 그러면 열릴 것'이라는 성경의 말씀처럼 자신이 해야 할 준비를 철저히 한 후에 나머지 방법을 찾아 나서면 얼마든지 길이 있음을 발견하게 될 것이다.

결국 우리가 긍정적인 눈으로 정부 정책을 알아보고 다가가면 큰돈 없이도 기업을 할 수 있다. 특히나 이번 국민의 정부는 중소기업에게 상당히 우호적인 편이다. 대기업과 적절한 거리를 두며 중소기업을 우선적으로 도와 주는 것이 이번 정부의 경제정책이다. 때문에 기업을 시작하려는 사람에게는 요즘처럼 절호의 기회가 없다. 아마도 단군 이래에 제일 좋은 기회라고 본다. 이런 좋은 기회가 자주 찾아오는 것은 결코 아니다. 정부가 도와 주면 벤처기업은 안정적으로 자리잡고 기술력도 키울 수 있다. 중소기업도 다국적 기업이나 대기업으로 뻗어 나갈 수 있는 무한한 가능성을 갖게 됐다. 이는 아마도 중소기업이나 대기업 모두 국가 경제 발전을 위해 힘을 한데 모으자는 뜻일 것이다.

우리 회사는 이러한 정부의 혜택을 잘 활용했기 때문에 은행 이자가 거의 나가지 않는다. 대출해서 사용한 돈의 이자율이 약 8% 정도다. 때문에 예금 이자와 대출 이자가 거의 같은 수준이라 금융비용이 없는 셈이나 마찬가지다. 그러니 기업이 견실해질 수밖에 없는 것이다. 그래서인지 주식시장이 최악이었다는 시절에도 우리 회사 주가는 4만 원대를 유지했고, 지금은 5만 원대 이상으로 오르고 있는 중이다. 우리 회사의 현금 보유율이 매우 높기 때문에 투자자들이 안심이 되는 모양이다. 요즘처럼 경기가 어려울 때 현금 보유율을 높인다는 것은 대단히 중요한 일이다.

'내 말을 믿고 긍정적인 눈으로 정부의 지원정책을 면밀히 검토해 보라'고 중소기업인들에게 권유하고 싶다. 사전에 기본 자격요건을 철저히 준비해서 관련 기관의 문을 두드리면 그 곳에 반드시 돈이 보일 것이라고.

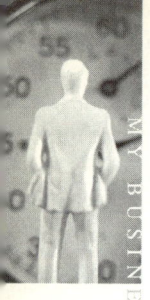

일의 성패는 열정에 달려 있다

　사람들은 누구나 자신이 최선을 다했을 때 그 일에 만족을 느낄 수 있다. 또 최선을 다하는 열정이 있을 때 그 일은 반드시 성취된다. 열정은 곧 힘이다. 열정적으로 일하는 사람과 함께 있으면 우리는 곧 그 힘에 감염된다. 열정은 그만큼 전염성이 강하다. 그러므로 일을 성취하는데 있어서 테크닉은 중요하지 않다. 열정이 있어야 한다. 일에 대한 열정이 없으면 그 일은 절대 이뤄지지 않는다. 일의 성패는 바로 열정에 달려 있다. 열정이 있고 없고에 따라 성공과 실패가 나뉜다.

　나는 그 동안 내 일에 열정을 가지고 최선을 다해 왔다. 그 열정의 힘으로 밤낮 없이 뛰어다녀도 지칠 줄 몰랐다. 하지만 나도 인간인 관계로 때때로 너무 지치고 힘들어서 대표이사직을 그만두고 쉬고 싶다는 생각이 들 때도 있었다. 꼼짝할 수 없이 어느 막다른 골목에 갇히게 되었다고 여겨질 때도 있다. 혹은 벼랑 끝에 서 있다고 생각될 때도 있다. 그럴 때마다 나는 나의 꿈, 나의 목표를 상기하곤 했다. 마틴 루터 킹 목사는 한 연설에서 '우리가 꿈만 버리지 않는다면 절망의 동산에서 희망의 반석을 캐낼 수 있다'고 역설했다. 즉 인간은 꿈을 꿈으로써 성장하고 그 꿈으로 인해 위기와 절망을 극복할 수 있는 힘도 얻게 되기 때문이다.

꿈꾸는 사람은 미래를 만들어 낼 수 있다. 그렇지 못한 사람들은 다른 사람들이 만들어 놓은 세상에서 불편을 하소연할 뿐이다. 그래서 꿈꾸는 사람은 세상의 법칙을 만들어 내는 지배자가 되고, 그렇지 못한 사람은 그 법칙에 따라야 하는 피지배자가 되는 것이다.

한국인이 주인된 다국적 기업, 가난하고 아픈 사람들과 함께하는 따뜻한 기업을 만드는 것이 나의 꿈이요 목표다. 내가 아는 어떤 사람은 자신의 목표를 적은 종이를 항상 지갑에 넣고 다닌다고 한다. 돈을 지불하기 위해 지갑을 꺼낼 때마다 그는 자신의 목표를 상기하게 된다고 했다. 이처럼 하루에 한 번씩이라도 자신의 꿈을 상기하게 되면 그는 그것으로 하루를 살아갈 힘을 얻게 된다고 말했다.

그런데 꿈이 있는 사람은 일에 끌려다니는 것이 아니라 일을 찾아 다닌다. 주어진 일을 마지못해 할 때와 필요한 일을 찾아서 할 때는 그 결과가 천지 차이로 다르게 나타난다. 수동적인 자세에는 절대 발전이 없다. 능동적으로 일을 찾아 나설 때 꿈의 실현은 앞당겨질 것이다. 성공하는 사람들의 삶에 자세는 대개 능동적이라는 공통점을 갖고 있음을 우리는 기억해야 한다.

때문에 나는 일에 열정적으로 매달리는 것을 원한다. 일에 끌려 다니는 것은 원하지 않는다. 이는 나의 인생철학이 바로

'일을 즐기며 하자는 것'이기 때문이다. 즉 돈을 벌기 위해 억지로 일에 매달리는 것이 아니라 내 꿈의 성취를 위해 즐겁게 일하자는 얘기다. 지금 이 나이에도 나는 꿈을 생각하면 가슴이 뛴다. 주저앉았던 나 자신을 곧추세울 힘이 솟는다.

출장을 다녀온 해외영업 부장이 나에게 출장업무 보고를 한다.

"사장님 베트남에는 내년에 공장을 지어야겠습니다. 13일날 보사부 장관님과 약속을 해 놓았습니다."

"그래, 가자. 비행기표는 예약했지?"

"예."

"그래, 또 뭐가 있나?"

"요르단과 이집트에는 빨리 지사를 설립해야겠습니다. 늦으면 큰일납니다."

"그래 그것도 해야지. 그럼 보고서를 작성해 오도록 해."

이것이 요즘 나의 일과다. 이렇게 나는 내가 꿈꾸는 한국인이 주인인 다국적 제약기업으로 한 걸음 한 걸음 나아가고 있다. '내가 이루지 못하면 다음 세대가 이루겠지' 하는 자칫 안일한 생각에 빠지지 않도록 나 자신을 독려하고 있다.

21세기에는 우리나라 제약업계에도 세계적인 기업이 나와야 한다. 그 첫걸음을 유나이티드제약에서 시작하리라, 사업을 통해 번 돈으로 한국의 얼과 문화를 세계에 전파하리라 하는 강한 사명감이 또 다시 나 자신을 냉정한 국제경쟁터로 내몰고 있다.

'누이 좋고 매부 좋고'
WIN-WIN 전략

　나의 영업 정책을 한 마디로 설명하면 '누이 좋고 매부 좋고' 이다. 영업사원으로 직장 생활을 시작해 지금까지 거의 30년 동안 한눈 한번 팔지 않고 영업 일만 해 왔다. 영업사원 시절부터 한 번도 목표액을 달성하지 못해 곤란을 당했던 적이 없다. 그 동안 수없이 많은 사람들을 만났고, 많은 거래를 이뤄냈다. 때문에 이 분야에 있어서는 어느 누구에도 뒤지지 않는다고 자부할 수 있다.

　그런데 중요한 것은 우리 회사 물건을 구입한 상대 고객에게 한번도 손해를 끼친 적이 없다는 사실이다. 유능한 세일즈맨은 무작정 내 것을 판매하려는 것보다 고객이 최선을 선택할 수 있도록 도와주어야 한다. 다시 말해 자신의 것을 파는 것이 아니라 고객이 최고를 살 수 있도록 돕는 것이다. 이는 바로 나의 원-윈 정책(WIN-WIN POLICY)에서 비롯된 생각이다. 즉 나와 상대방 모두에게 이익이 된다고 판단되어야만 비로소 영업을 시작했다.

나에게만 이익이 된다면 한 번은 거래가 성사될지 모르지만 그 거래가 계속 이어지지는 못한다. 물론 상대방이 혼자서 이익을 독식하려 한다면 나는 절대 그 사람과 다시 거래 하지 않는다. 국내뿐 아니라 해외에서도 이런 방식으로 영업을 해 왔기 때문에 나와 한번 거래를 맺게 되면 웬만한 위기가 닥쳐와도 거래를 끊는 경우가 거의 없다.

　　그래서인지 내 고객 중에는 내 덕분이라고 말하기는 좀 그렇지만 나와의 인연으로 부자가 된 사람이 꽤 된다. 베트남의 '빈' 이라는 거래업자도 그런 사람 중의 하나이다. 처음 만났을 때 그는 가난에 찌든 꾀죄죄한 노총각이었다. 하지만 지금은 결혼도 하고, 베트남에서는 갑부라는 얘기를 들을 만큼 돈도 모았다. 인도의 '바 가트' 라는 거래상도 그렇다. 요즘은 인도 최고의 수입상으로 한창 주가를 높이고 있다. 싱가포르 거래상도 마찬가지로 요즘 제법 얼굴에 윤기가 흐른다. 거래상들이 이처럼 모두 다 잘 되고 있으니 나도 이제는 어엿한 다국적 제약기업 사장으로 자리를 확실히 굳힐 수 있게 됐다. 아마도 우리 회사처럼 액수는 적어도 알뜰하고 확실한 해외 수출망을 구축하고 있는 제약 회사는 거의 없을 것이다. 이처럼 어려울 때 만나 지금만큼 성공할 수 있었던 것은 아마도 서로 조금씩 양보하며 상호신뢰를 갖고 지속적인 거래를 해 왔기 때문이 아닌가 싶다. 이것이 바로 내가 주장하는 '누이 좋고 매부 좋고' 영업론이다. 즉 욕심을 버리고 조금씩 양보하면 모두가 함께 잘 살 수 있다는 얘기다. 여기에는 반드시 신뢰가 밑바탕되어야 한다.

영업에 있어 신뢰는 무엇보다 중요하다. 신뢰는 관계의 지속성을 가져다 준다. 따라서 신뢰로 인해 지금은 비록 손해가 날지라도 장기적인 안목으로 바라볼 때 신뢰는 우리에게 유익이된다. 이와 같은 신뢰를 바탕으로 지금까지 관계를 유지하고 있는 사람이 바로 우리 회사를 뒤에서 아버지처럼 돌봐 주고 있는 이스라엘의 슈바르츠 박사다.

내가 처음 수입상을 할 때 우리에게 완제의약품을 공급해 주었던 이스라엘의 무역상이었던 그분 덕분에 우리 회사는 해외 수출시장 개척에 많은 도움을 받았고 지금도 그는 해외 플랜트 수출에서 자문 역할을 맡아 주고 있다. 의약품 무역업계에 있어서 선구자나 다름없는 슈바르츠 박사와 벌써 15년 넘게 가까운 친척 이상으로 두터운 친분 관계를 유지하고 있다.

지난 7월에 그의 둘째 딸이 갓 서른을 넘기고 결혼을 했다. 그의 첫째 딸 결혼식에도 우리 부부가 참석했었는데, 그것이 벌써 3년이 흘러간 모양이다. 그 때 둘째 딸은 스무 살 남짓한 앳된 학생이었는데 벌써 서른이 넘어 결혼까지 하다니 세월이 정말 빠르게 느껴진다. 슈바르츠 박사의 부인과 딸들도 모두 우리 유나이티드제약을 마치 자신들의 회사인 것처럼 생각하고 애정 어린 관심을 가져 주어 무척이나 감사하다.

'신뢰를 바탕으로 욕심내지 말고 조금씩 양보해서 우리 모두가 함께 살아가자'

이것이 우리 회사의 영업 정책이다. 나는 앞으로도 이 정책을 계속 밀고 나갈 것이다.

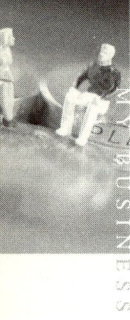

쫄레쫄레 관리자

　수많은 사람들과 인연을 맺고 함께 일을 하다보면 남들에 비해 특성이 강한 사람을 자주 접하곤 한다. 그러고 보면 나도 이제 제법 사람을 보는 눈이 트이게 된 것 같아 새삼 놀란다. 젊어서 고생하지 않고 실무를 많이 접하지 못하는 사람은 나이가 들어 관리자의 위치가 되어도 일을 딱 부러지게 하지 못하고 소신 없는 사람이 되어 윗사람 눈치보기는 물론 부하직원의 눈치까지 보아야 하는 사람으로 변해버린다. 그래서 그런 사람은 '사람 좋다'는 칭찬은 받아도 '유능한 사람'이라는 소리는 듣지 못한다.

　특히 이런 사람 중에는 집안의 배경이 좋거나 학벌이 좋아서 너무 빠르다 싶을 정도로 고속 승진하는 사람이 많이 있다. 이처럼 밑바닥 실무도 모르고 상위직으로 승진하게 되면 그 사람이 바로 '쫄레쫄레 관리자'가 되는 것이다.

　'쫄레쫄레'란 부하직원 뒤꽁무니만 좇아다니면서 부하직원의 의견을 수렴한 후 자기의 판단없이 다시 윗사람에게 그대로 전달하는 무능한 관리자란 뜻이다. 의외로 세상에는 그런 관리자가 너무 많은 것 같다.

　업무를 잘 몰라 밑에 의견을 받아 여과없이 위로 올리고 아랫사람과 윗사람의 눈치를 동시에 보고 그래서 눈매가 가재눈을 닮아가는 사람이 바로 쫄레쫄레 관리자다. 특히, 젊은 신입사원 시절 정말 열심히 일하지 않으면 평생 무능한 사람이 되고 나이가 들어서는 비로소 '쫄레쫄레 관리자'가 되는 것이다. 젊어서 고생은 돈 주고도 산다는 우리조상들의 말씀을 잘 새겨들어야 할 것 같다.

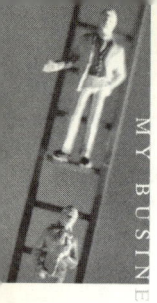

노력보다 더 벌면 '도박'

　나는 삼십 평생 세일즈맨으로 살아오면서 절대로 하지 않는 것이 몇 가지 있다. 그것은 바로 담배와 외박, 그리고 도박이다. 나는 고스톱은 물론이고 경마, 그리고 증권까지도 일종의 도박이라고 생각한다. 요행을 바라고, 자신이 노력한 것보다 더 많이 벌려고 하는 것은 모두 도박이라고 생각한다.

　그래서 나는 개인적으로 평생 증권을 한 번도 사본 적이 없다. 증권회사 관계자들이 보면 시대에 뒤떨어진 사람이라고 비웃으며 비정상적이라고 지탄할지도 모른다. 그러나 과연 내가 비정상인가. 그들의 억지 주장을 도대체 이해할 수가 없다.

　영업사원은 가방만 들고 나가면 돈이 보인다. 그래서 그들은 아주 쉽게 나쁜 습관에 빠져들기도 한다. 나는 그 동안 많은 영업사원이 금전사고를 내고 불명예스럽게 퇴사하는 것을 여러 번 보아 왔다. 도대체 무엇이 부족하고 무엇이 문제인 것일까?

　젊음과 정열이 있다면 영업직은 정말 아주 많은 것을 이룰 수 있는 좋은 직업이라고 생각한다. 하지만 잘못해서 유혹에 빠지면 자기뿐만 아니라 가족과 친척에게까지 큰 피해를 줄 수 있음을 경계해야 한다.

우리 사회는 영업을 나가 상담을 시작하려면 담배부터 권하는 것이 무슨 관행처럼 되어 있다. 그럼에도 불구하고 나는 담배를 피우지 않는다. 같이 영업을 하던 선배나 후배들은 영업업계의 이런 풍토를 잘 알기 때문에 그것이 어떻게 가능하냐며 의아한 듯 나에게 질문을 하곤 한다. 나는 거기에 대해 '그것은 내 자신과 약속을 했기 때문'이라고 대답한다.

담배뿐만 아니라 나는 술도 거의 입에 대지 않는다. 영업사원 초창기에는 술을 많이 마셨다. 일주일 내내 술을 마신 적도 있었다. 우리 사회에는 워낙 '술 접대 문화'가 만연해 있기 때문에 웬만해서는 그런 사회적 분위기를 거스르기가 쉽지 않은게 사실이다. 하지만 나는 한 번도 몸을 못 가눌 만큼 술에 취해서 길에 쓰러지거나 정신을 잃었던 적은 없었다. 그 당시만 해도 나는 마음만 먹으면 뭐든지 통제할 수 있다고 생각했다. 술도 마음먹기에 따라 얼마든지 자제할 수 있다고 자신했었다.

그러나 이건 나의 잘못된 오만이었다. 술은 잘못 습관 들이면 아주 위험한 결과를 초래할 수 있기 때문이다. 접대를 위해 어쩔 수 없이 술을 마시는 것이 아니라 술이 좋아서 2차, 3차까지 술자리를 이어 갖게 되면 그것이 나중에는 중독에까지 이르게 된다. 영업사원들은 이런 습관에 빠지지 않도록 조심을 해야 한다. 그렇지 않다면 술에 빠져서 세월을 낭비하는 것이 얼마나 시간적으로나 금전적으로 손해를 보는 일인지 나중에

뼈저리게 느끼게 될 것이다.

　나는 우리 회사 영업사원들이 여성 접대부가 있는 술집에서 접대하는 것을 금기시하고 있다. 왜냐하면 그런 접대로 매출을 올리는 것이 당장은 회사에 유익이 되는 것처럼 보이지만 결국에는 사원들을 부패시키고 타락하게 만들고, 그 독소가 나중에는 회사 존립에까지 치명적인 타격을 입히는 경우를 많이 보아 왔기 때문이다.

　처음에는 영업사원들이 '사장님, 우리나라에서 그렇게 접대하지 않고 어떻게 영업합니까?' 라고 반발했었다. 나는 그들에게 '이것은 회사를 위해서가 아니라 바로 당신들의 가족과 장래를 위해서' 라고 설득했다. 그리고 '횟집이나 고기집에서 맛있고 즐겁게 접대하는 것이 장기적인 안목으로 볼 때 더욱 효과적일 것' 이라고 장담했다.

　나의 말은 그대로 적중했다. 처음에 룸살롱이나 단란주점에서 접대를 하지 않는다고 불만을 품었던 거래처 사람들도 나중에는 그만큼 우리 회사를 더 신뢰하게 됐고 매출에도 큰 지장이 없었다. 오히려 접대비로 지출되는 돈이 줄어들게 되고 그 돈으로 거래처에 대한 서비스를 더욱 개선할 수 있었다. 결론적으로 서로에게 모두 득이 되는 일이었다.

　사실 나도 어쩔 수 없어서 룸살롱에 갔던 경우가 있다. 하지만 월급쟁이들 몇달치 월급과 맞먹는 비싼 술값도 싫고, 또 돈의 가치를 우습게 여기는 그 곳의 분위기도 마땅치 않다. 이런 나를 융통성 없는 꽉 막힌 사람이라고 비웃겠지만 나는 유혹에 빠지지 않으려면 그 싹부터 잘라내야 한다고 생각한다.

　성경 잠언서를 읽다가 나는 우연히 룸살롱에 관한 아주 재미있는 구절을 발견했다. 솔로몬은 온갖 부귀영화를 누리고 많은 여인 속에서 살다간 사람이다. 잠언은 그가 모든 것을 다 겪고 나서 쓴 글이다. 이것을 읽다 보면 우리의 가슴에 와 닿는 글귀가 많이 있다. 잠언서 7장에 다음과 같은 내용이 있다.

　"어리석은 자 중에 소년 중에 한 지혜 없는 자를 보았노라. 그가 거리를 지나 음녀의 골목 모퉁이로 가까이 하여 그 집으로 들어가는데 그 때 기생의 옷을 입은 간교한 계집이 그를 맞으니 그 계집이 그를 붙잡고 입을 맞추며 부끄러움을 모르는 얼굴로 말하되 내 침상에는 화문요와 몰약과 침향과 계피를 뿌렸노라. 오라! 우리가 아침까지 흡족하게 서로 사랑하며 사랑함으로 희락하자. 소년이 그를 따랐으니 소가 푸주간으로 가는 것 같고 미련한 자가 벌을 받으려고 쇠사슬에 매이러 가는 것과 일반이라. 필경은 화살이 그 간을 뚫기까지에 이를 것이라. 새가 그물로 들어가되 그 생명을 잃어 버릴 줄을 알지 못함과 일반이라. 대저 그가 많은 사람을 상하여 엎드러지게 하였나니 그에게 죽은 자가 허다하니라. 그 집은 음부의 길이라 사망의 방으로 내려가느니라."

　참으로 무서운 경고가 아닐 수 없다. 술 취함에도 조심하고, 금전사고도 조심하고, 외박도 조심해야 한다. 퇴폐 풍토가 워낙 팽배해 있는 세대라 우리는 주변에서 조심해야 할 것이 너무나 많다. 때문에 우리 스스로 조심하고 살피는 것만이 르바임의 접근을 원천적으로 봉쇄하는 길이 될 것이다. 르바임이란 히브리어로 우리를 나쁜 길로 인도하고 우리의 생명을 배반하는 귀신을 뜻한다. 이것이 바로 정상인이 가져야 할 기본이라고 믿는다.

일생에 가장 성공적인 투자

　나는 매주 목요일 회의를 주관하러 경부고속도로를 달려 공장에 내려간다. 주위 경치도 좋고, 한적한 고속도로를 달릴 때는 정말 머리가 상쾌해지는 기분을 만끽하곤 한다.

　그러던 어느 날 회사의 골치아픈 문제로 고민하면서 고속도로를 달리고 있는데 갑자기 빌딩 간판에 붙어있는 표어가 눈에 들어왔다. '기도할 수 있는데 무엇을 걱정하십니까'라는 표어였다. 그 내용이 어찌나 감동적으로 마음에 와닿던지, 눈물이라도 흘릴 만큼 벅찬 감격이 느껴져 왔다.

　그렇게 수십 차례 그 길을 오고 갔는데, 왜 유독 그때 그 표어가 눈에 들어왔는지 참으로 모를 일이다. 힘든 일 없이 잘나갈 때는 아무런 감흥없이 눈에도 들어오지 않던 표어가 내 처지가 어렵고 힘들게 되니까 나에게 큰 용기와 위로를 주는 말로 다가왔다. 이를 보면 인간은 참으로 간사한 동물인 것 같다. 그래서 많은 사람들이 종교에 관심을 갖고 신에게 의지하려고 하는 것 같다.

　요즘 나는 성경 읽는 재미에 푹 빠져 지내고 있다. 그 속에서 유태인과 이야기 할 자료를 찾을 수 있고 이슬람교의 문화를 이해할 수 있다. 성경을 이해하지 못하면 유럽인들을 비롯해 미국인, 유태인, 회교도들까지 그들의 생활방식이나 사고방식을 이해 하기 힘들다. 세계인들이 종교, 문화, 풍습 등과 관련해 생각하는 방식을 이해해야 유능한 세일즈맨이 될 수 있다. 때문에 성경이 나의 영업에 큰 도움이 된 것이 사실이다. 이런 의미에서 나는 세계가 바로 성경과 통한다고 생각한다.

미국의 실업가 존 워너메이커는 '나는 일생 동안 투자를 많이 했는데, 그것을 통해 수천 달러를 벌어 들였다. 그 중에 가장 성공한 투자는 열두살 때 단 2달러 50센트로 성경 한 권을 산 것이었다. 이것이 내 인생의 가장 위대한 투자였다. 왜냐면 그 성경이 오늘날 나를 만들었기 때문' 이라고 말했다.

즉 존 워너메이커가 성공한 사람이 될 수 있었던 이유는 그가 가난한 소년이었을 때 하나님과 성경말씀을 사랑했던 것에 있다. 그는 성경을 사랑했으며 그것을 읽고 성경의 가르침대로 행동했다.

사실 사업을 한다는 것은 항상 긴장의 연속이다. 매일 계속되는 생존경쟁은 극도의 긴장감으로 우리를 몰아넣는다. 어느 날 아침에는 용기 백배해서 사업을 구상하고 비젼을 펼치다가도 그날 저녁에는 다시 좌절감으로 절망에 빠질만큼 변화가 무쌍하다. 그렇기 때문에 경영자라는 위치는 그 누구보다 외롭고 고독하다. 내가 계속되는 긴장 속에서 여유를 찾고, 극도로 외로운 고독감에서 위로를 받을 수 있었던 건 바로 성경 말씀이 있었기 때문이다.

뉴턴은 우리 인간의 유형을 세 가지로 분류했다. 첫째는 인생을 기피하는 요나 같은 사람이다. 남이야 죽든지 말든지 자신의 기분과 자신의 욕심만 생각하는 자기 중심적인 기회주의자다. 둘째는 달려가는 말에 올라타서 목에 매달려 있는 사람이다. 이런 사람은 말에서 떨어질까봐 말의 목을 꼭 붙들고 있어서 다른 데에는 전혀 신경을 쓰지 못한다. 자신의 의지대로 움직이는 것이 아니라 말이 달려가는 대로 끌려다니는 종속적인 사람을 말한다. 셋째는 창조주 하나님께 자신의 전부를 의탁하고 하나님께서 지시하는 대로 충성하는 사람이다.

나는 인간의 새로운 역사는 모두 세 번째 사람에 의해 이룩된다고 믿는다. 왜냐면 하나님께서 이런 사람들과 함께 하시기 때문이다. 나는 세 번째 유형의 사람이 되고 싶다. 이를 위해 나름대로 열심히 살아왔고 앞으로도 그렇게 살 것이다.

'위기관리능력'은 성공의 필수조건

　세상사는 좋은 일이 있으면 나쁜 일이 꼭 뒤따르기 마련이다. 그래서 호사다마(好事多魔)라는 고사성어도 있는 것이 아닌가. 특히나 사업을 할 경우에는 이런 경험을 종종 한다. 즉 좋은 일과 나쁜 일의 연속이 바로 사업가의 일상이라고 해도 과언이 아닐 것이다. 그러므로 사업가로 적합한 타입은 매일 다가오는 위기를 두려워 하지 않고 그것과 당당히 싸워 이길 수 있어야 한다. 즉 나쁜 일을 이겨낼 수 있어야 한다.

　사실 모든 조직과 개인은 언제나 위기에 직면하거나 또는 위기를 초래할 가능성을 안고 있다. 그래서 우리는 언제나 위기 가능성에 대해 사전 예방대책을 강구하고 유사시 대응방안을 수립하여 체계적으로 신속히 대처하는 위기관리능력을 키워야 한다. 이처럼 연속된 위기 속에서 위기관리 능력을 키운 사업가는 성공할 가능성이 높다. 즉 위기를 무사히 모면하면 그 뒤에는 찬란한 성공이 기다리고 있기 때문이다.

　그렇다면 위기관리 능력의 첫째 조건은 무엇일까. 위기를 슬기롭게 극복하기 위해서는 무엇보다 두려움이 없어야 한다. 사실 두려움이란 모든 사람이 경험하는 감정이다. 그러나 두려움이 우리의 발길과 사고를 멈추게 하여 어리석은 선택을 하지 않도록 방지해야 한다. 두려움이 우리의 삶을 지배하도록 내버려둔다면 우리는 발생 가능성이 전혀 없는 엉뚱한 결과에 대해 걱정하면서 소중한 시간을 허비하는 우를 범할 수도 있다.

둘째로 위기가 닥칠 때까지 실천을 미뤄서는 안 된다. 즉 미리 계획을 세우고 위기에 대처하라는 얘기다. 계획은 위기를 성공으로 이어주는 다리와 같다. 계획의 다리를 사전에 튼튼하게 건설한다면 어떤 위기가 닥치더라도 그것을 무사히 넘어 성공의 기쁨을 누릴 수 있지 않겠는가.

이밖에 성공하는 사업가에게 있어서 꼭 필요한 것은 계속되는 위기로 누적되기 쉬운 스트레스를 효과적으로 해소하는 방법이다. 많은 사람들이 스트레스를 술과 유흥으로 푼다. 하지만 이것은 시간과 돈을 낭비할 뿐 아니라 자칫 잘못하면 건강까지 잃게 되는 매우 위험한 방법이다.

나는 그동안 영업사원으로, 또 경영인으로 사회생활을 하는 가운데 참으로 많은 위기를 맞았었다. 그때마다 위기의 연단을 통해 성숙되고, 강하고 담대한 성격으로 변모하는 나 자신을 발견할 수 있었다. 내가 D사 영업과장이었을 때다. 그 당시는 나는 새도 떨어뜨린다는 서슬이 시퍼런 국보위 시절인데 기업의 비리조사가 한창이었다. 기업의 모든 부정비리를 조사한다고 영업 책임자와 실무 책임자를 구속하고, 모든 장부를 압수했다. 우리는 소리만 들어도 오금이 저리는 무시무시한 곳으로 끌려갔다. 바깥 세상과 완전히 단절된 그곳에서 우리는 조사를 받았다. 정말 무섭고 끔찍한 순간이었다. 집에 있는 식구들에게조차 알리지 못한 채 조사를 받았다. 그들은 나에게 그동안 영업을 하면서 저지른 모든 불법을 자백하라고 강요했다. 거의 십여 년간 신뢰를 바탕으로 인간관계를 맺어 온 거래처 사람들과 내가 몸담아온 직장에 치명적인 타격을 입힐 그런 일들을 모두 털어 놓으라고 했다. 조사관들은 이미 회사의 다른 직원들이 모두 자백했으니 아니라고 고집을 피워봐야 소용이 없다며 그들에게 동조할 것을 종용했다. 내가 조사를 받던 그 옆방에는 우리 회사 영업의 책임을 맡고 있는 영업부장이 조사를 받고 있었다. 나는 모든 잘못은 실무를 맡고 있는 나의 책임이고, 부장은 전혀 모르는 일이라고 모든 책임을 내가 떠맡기로 했다. 정말 두렵고 무서운 상황이었지만 나는 절대 나의 회사와 그동안 나를 믿고 거래해 준 사람들에게 피해를 줄 수 없다는 생각을 버릴 수 없었다. 내가 모든 것을 책임지고 처벌을 받아야 한다면 달게 받겠다고 말했다. 그러면서 솔직히 나의 입장과 처지를 털어놓았다. 만약 내가 모든 것을 얘기하면 나는 내가 평생 몸담아 왔던 직장은 물론이고 그동안 신뢰로 쌓아올린 거래처들을 모두 잃게 될 것이 뻔한데 그렇게 할 수 없다며 모든 책임을 내가 지겠다고 분명히 밝혔다. 그런데 옆방에서 조사를 받던 부장도 모두 자기 책임이라고 고집을 피우고 있었던 모양이다. 이렇게 서로 책임을 지겠다고 나서니 조사관들도 난감한 표정이었다. 그들은 다른 회사 직원들은 모두 남에게 책임을 떠넘기기에 급급

한데 우리가 서로 책임을 지겠다고 하니까 오히려 우리의 말에 더 믿음이 갔던 모양이었다. 우리를 대하는 그들의 태도가 긍정적으로 바뀌는 것 같았다. 모든 조사가 끝나고 귀가 조치가 내려졌다.

다음날 회사에 출근했더니 회장님께서 부르셨다. 나에게 고생했다며 위로의 말을 전하셨다. 등골이 오싹한 그런 순간에 회사를 생각하고 거래처 사람들을 생각하면서 차라리 내가 손해 보겠다고 나섰던 그 용기가 도대체 어디서 나온 것인지 지금 생각해도 참 대견스러운 일이었다.

이런 어려움을 통해서 나는 성숙해 갔고 더 많은 것을 배웠다. 이런 경험들이 내가 독립하고 사업하면서 맞았던 여러 번의 위기를 무사히 넘기는데 큰 도움이 됐다.

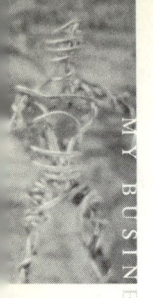

경쟁업체 견제, 소신으로 극복

누차 이야기하지만 나는 제약회사 영업사원으로 시작해서 의약품 수입상과 납품 도매상을 거쳐 지금의 제약회사까지 이뤄왔다. 내가 제약회사를 설립하려고 할 때는 신규 허가가 나지 않던 시절이었다. 그래서 제약회사를 설립하려면 업허권을 사들여야 했다. 그 때 대략 오천만 원 가량을 주고 업허권을 샀다가 일년 뒤 곤지암에 있는 공장을 다른 제약회사에서 인수했다. 지금 보면 작고 보잘 것 없는 공장이지만 그때는 그렇게 커보일 수가 없었다.

먼저 타정기 등 생산설비를 갖추고 의약품을 생산하기 시작했다. 나는 너무나 자랑스럽고 뿌듯해서 그 작은 공장에 친한 친구들과 의사 몇명, 약대 교수 몇명을 초청해서 공장을 둘러보게 했다. 그런데 그 사람들은 이렇게 작은 제약공장이 있는지 처음 알았다며 우리나라 제약회사가 이렇게 엉성하니까 발전이 없는 것이라고 혹평을 했다. 나는 그들의 혹평에 일일이 대꾸하지 않았다. 화를 낼 필요조차 없었다. 왜냐면 나는 내 손으로 제약회사를 세웠다는 자부심으로 마냥 기뻤고 앞으로 더욱 크게 발전시킬 자신감이 있는 사람 아닌가. 그래서 더 많은 사람들을 초청해 공장 자랑을 했다.

주변에서는 부러움 반, 시기 반으로 많은 견제를 해왔다. 그당시 우리 회사는 제약업계 400위에서 시작했다. 우리 회사 위로 랭크된 4백 개 회사가 모두 우리의 경쟁업체였으니 말도 많고 탈도 많을 수밖에 없었다. 우리가 품목허가를 많이 받은 것은 위에서 누가 밀어줬기 때문이라는 둥, 실제 주인은 누구라는 둥 실명까지 거명되는 악성 루머가 떠돌았다. 하지만 나는 소문 따위에는 신경쓰지 않고 내 소신껏 회사를 이끌어 나갔다.

하지만 악성 루머 덕분에 우리 회사는 관계 당국의 특별감사도 여러 번 받았다. 허가는 받아놓고 생산을 하나도 하지 않는다는 모함이 계속되는 바람에 여러 차례 곤욕을 치르기도 했다. 하여간 기존의 조직을 깨고 위로 올라간다는 것이 얼마나 어려운 일인지 그때 뼈저리게 느꼈다.

그렇지만 나는 사업에서 성공하는 가장 좋은 방법은 바닥에서부터 올라는 것이라고 생각한다. 무엇인가를 이루기 위해 쏟았던 그 모든 땀과 고통이 우리를 성공으로 이끄는 원동력이 되는 것이다. 손쉽게 얻은 성공은 손쉽게 잃을 수밖에 없다. 우리가 밑바닥에서 궂은 일을 했던 그 경험, 그로부터 얻었던 지식과 만족은 그 무엇으로 대신할 수 없다. 따라서 성공을 위해 반드시 알아야 할 가치있는 교훈은 몸소 배워야 한다. 그래야 나중에 정상에 올랐을 때 그 자리에 앉을 만한 자격을 얻게 된다.

우리는 해마다 평균 10위씩 올라가 현재 30위권에 진입했다.

또 머지않아 20위권에 올라설 것이고, 2010년이 되기까지 1조 원 생산액 달성을 목표로 열심히 뛸 것이다. 이를 위해 의약품은 물론이고 건강식품, 화장품, 인삼제품까지 사업의 다각화를 시도하고 있다.

사업이 승승장구만 한다면 이 또한 묘미가 없다. 어려움을 극복하고 성취를 이뤄냈을 때의 만족과 기쁨은 더 크다.

불가능을 가능으로 '불굴의 도전정신'

우리 회사가 계속해서 승승장구만 해왔던 것은 아니다. 수차례 눈 앞이 아찔했던 위기의 순간들이 있었다. 한번은 곤지암 공장이 어느 정도 자리를 잡아가고 있을 때였다. 그때 갑자기 GMP(우수의약품제조관리기준) 설비를 안하면 영업 허가가 취소된다는 소식이 들려왔다. 마른 하늘에 날벼락과 같은 얘기였다. 우리 형편으로는 수십억 원이 들어가는 설비를 할 수도 없었고 우리에게는 그것을 운용할 직원도 없었다. 또 돈이 있다하더라도 곤지암 공장이 워낙 협소해서 도저히 GMP설비를 할 수 없었다.

모든 상황이 최악이었고 이대로 포기를 해야하는 것 아닌가 하는 절망감마저 들었다. 하지만 내가 어떻게 이룩한 공장인가. 결코 포기할 수 없었다. 다시 한번 용기를 내서 GMP설비를 할 수 있는 공장을 찾아 나섰다. 그렇게 우여곡절 끝에 찾아낸 곳이 바로 충남 조치원에 있는 지금의 공장이었다.

간부직원을 그곳에 보내서 살펴보고 오라고 했더니 돌아와 하는 말이 "사장님, 거기는 도저히 안 됩니다. 지리적으로 너무

멀고, 공장이 그리 크지도 않습니다. 또 거기서 공장을 하던 사람이 망해서 나갔다는 소문이 있어 꺼림칙한 곳입니다."라고 아주 부정적인 보고를 했다.

하지만 나는 왠지 그 공장이 계속 마음에 남았다. 다음 날 내가 직접 그곳에 가보기로 했다. 그곳에 도착해 공장을 보는 순간, 바로 내 것이라는 확신이 마음에 와 닿았다. 그래서 재빨리 공장의 소유주를 수소문했더니 벌써 5명이나 그 공장을 사려고 기다리고 있는 중이었다. 나는 절대 놓칠 수 없다는 생각으로 열심히 주인을 설득했다. 그 때 돈이라고는 계약금밖에 없으면서도 나는 무조건 계약을 하자고 밀어붙였다.

결국 계약이 성사됐다. 다음 주에 주인을 찾아가 잔금 낼 돈이 없다고 솔직히 털어놓고, 등기를 넘겨주면 은행에서 대출을 받아 잔금을 치르겠다고 했다. 주인 입장에서는 참으로 어처구니 없었을 것이다. 막무가내로 계약을 하자고 떼를 쓰니까 하는 수 없이 공장을 넘겼는데 이제 와서 잔금이 없다고 하다니 속은 기분이 들기도 했을 것이다. 계약을 파기하자고 할 수도 있었다. 하지만 그 주인은 고맙게도 내가 그 공장에 갖고 있는 열정을 믿어주었다. 등기를 먼저 넘겨줬고 그것으로 은행에 담보를 넣어 잔금을 치를 수 있었다. 참으로 기적 같은 일이었다.

우리는 바로 공장 증축공사에 들어갔고 그 공장을 추가 담보로 융자를 얻어 기계를 구입했다. 또 기계를 담보로 중소기업지원자금과 같은 이자가 비교적 저렴한 정책자금을 얻어서 실험기구도 샀다. 단 1년 만에 GMP공장을 완공했다. 누구도 상상

할 수 없었던 일을 우리가 열정 하나로 밀어붙여 이뤄냈다.

그후 우리는 해마다 시설을 넓혀 나갔다. 하지만 대지가 2천 평밖에 되지 않는 터라 시설을 늘리는 데 한계가 있었다. 우리는 고민 끝에 공장 옆의 야산을 구입하여 공단에 편입시키기로 했다. 주변에서는 모두들 불가능한 일이라고 고개를 저었지만 우리를 1년 만에 허가를 받아 연구소를 지었다. 증설한 그곳에서 소프트캡슐 제품을 개발해서 수출하기 시작했다.

솔직히 나는 충청남도 도지사님과 군수님을 비롯해 관계 공무원들에게 대단히 고마움을 느낀다. 우리나라처럼 지역적 연고가 많이 작용하는 상황에서 충청도 출신도 아닌 나와 우리 공장을 위해 많은 배려를 해준 분들이다. 그래서 나는 요즘도 어디를 가든 정부정책을 긍정적으로 보면 돈이 보인다는 얘기를 한다.

결과적으로 보면 우리 회사가 불가능을 가능으로 바꿀 수 있었던 것은 지연이나 학연을 이용한 세상적인 방법이 아니었다. 다만 우리의 일에 대한 열정과 불굴에 도전정신이 불가능한 환경을 움직였던 것이다. 우리에게 인생의 열정과 에너지를 선사하고 우리 앞에 놓인 무한한 가능성을 열어주는 것은 바로 그러한 도전정신이다.

드디어 DMF(원료의약품표준서)에 대비한 조치원 공단에 원료의약품 생산공장을 짓기 시작해 7월 말에 완공식을 가졌다. 그리고 또 유나이티드 인터팜이라는 인터넷 회사를 설립해 온라인과 오프 라인 분야에서 세계적 판매회사로 나가기 위한 발

판을 마련했다. 특히 작년부터 시작한 미국 공장 설립은 순조롭게 진행되고 있다.

이 미국 공장을 통해 한국인이 주인인 다국적제약기업의 꿈을 이루려 한다. 왜냐하면 한국산(韓國産)이라는 꼬리표를 달고는 선진국 시장에 도저히 들어갈 수가 없어 서이다. 이는 참으로 안타까운 일이지만 미국산(美國産)이 시장의 흐름을 주도하는 현 세계경제 질서 속에서 우리가 어쩔 수 없이 선택한 차선책이다.

한국인의 질병은 '한국의 약'으로 고쳐야

　우리나라 사람들 성향 중에 가장 나쁜 것이 스스로 자신의 것을 깎아내리고 믿지 못하는 점이다. 이와 같은 성향은 자연히 국산품보다 외제를 선호하게 만들고 있다. 그러면 과연 한국약은 믿을 만한가? 이 물음에 나는 자신있게 '믿어도 좋다'고 말한다.

　그런데 최근 국산의약품에 대한 불신감을 조장할 만한 내용이 보도되었다. 이로 인해 많은 사람이 외국제 의약품만 좋은 약이라는 편견을 갖게 되지나 않을까 걱정이 된다. 또 얼마 전에는 인도산, 중국산 원료로 카피약품만 만든다는 내용이 보도됐다. 사실 나도 여기에 대해서는 부분적으로 인정하는 바이다.

　작년에 개발되어 만들어진 약이 우리나라 신약 1호라고 할 정도이다. 이것이 우리나라 제약업계의 현실이다. 신약 하나를 개발하는데 10년 이상의 오랜 기간이 걸리고 거기에다 연구비만도 1천 억원 이상이 소요된다. 일단 신약이 개발 됐다고 해서 모든 문제가 해결되는 것이 아니다. 세계적인 마케팅 능력이 뒤따라야 투자비용을 회수할 수 있다.

이런 상황이다 보니 신약을 개발하기 보다는 손쉽게 선진국에서 개발한 약품을 카피하는 것으로 수익을 올리고 있는 제약회사가 많다. 그런 와중에도 아시아권에서는 일본만이 유일하게 신약을 개발하는 나라로 꼽히고 있다. 우리나라 제약회사들은 대부분 외국 회사가 개발한 신약의 원료를 수입해서 그 브랜드에 대한 로얄티를 지급하고, 기술제휴라는 명목으로 제품을 생산해 비싼 가격으로 한국 시장에만 팔아왔다. 판매시장이 한국으로만 국한된 것도 기술제휴에 따른 엄격한 계약 조건 때문이다. 어쨌든 여러가지 여건이 열악한 관계로 우리나라 제약회사들이 신약을 개발하는 데는 부족한 부분이 많지만 약을 제조하는 기술에 있어서는 어느 나라에도 뒤지지 않는다고 나는 자신한다.

작년에 일본 바이어를 만났는데 그가 무조건 고맙다고 말해 어안이 벙벙했던 적이 있었다. 사연을 들어본 즉, 일본 의사들도 못 고친다고 해서 삶을 포기하기 직전에 마지막으로 한국의 서울대학병원을 찾았다가 그곳에서 치료를 받게 됐다는 것이다. 한국의 의술로 제2의 인생을 찾게 됐으니 어찌 고맙지 않겠는가. 나는 우리나라 병원이나 의료진의 진료수준도 세계 일류급에 속한다고 생각한다. 또 우리 식약청 수준도 세계적이라 할 수 있다. 88년 올림픽 때 도핑 테스트 기억이 새롭다. '세계의 바람' 이라고 불렸던 캐나다의 벤 존슨이 우리 기술로 개발한 도핑 테스트에 걸려 100M 우승의 금메달을 내놓고 도망치듯 떠나지 않았던가. 그리고 보면 우리 식약청도 세계적인 수준의 시설과 인력을 갖고 있는 것이다.

현재 우리 회사 약품이 세계 30여개 국으로 수출되고 있다. 그렇기 때문에 나는 여러 나라의 식약청을 둘러보고 또 그 나라 직원들과 이야기를 나눌 기회가 많이 있었다. 그때마다 느끼는 건 우리나라가 관련 법규에 따라 원칙대로 지키는 나라 중에 하나라는 사실이다.

우리는 최근 단독으로 미국 앨러버머주 루번시에 유나이티드 더글라스 제약이라는 미국 회사를 설립, FDA(미연방 식약청) 기준에 맞는 공장을 지었다. 그래서 건설현장도 둘러볼 겸 시장 조사도 하기 위해서 미국에 자주 간다. 그러다보니 자연히 미국 제약 공장을 둘러볼 기회를 많이 갖게 됐다. 그때 매우 놀랐던 기억이 있다. 미국의 실험실이 당시 짓고 있던 우리 회사보다 시설도 미비하고 공장 규모도 적은 회사가 있다는 사실이다.

우리나라의 GMP(우수의약품제조관리기준) 설비는 과잉투자된 면이 없지 않다. 우리나라 설비 수준이 선진국보다 떨어져서 기술이 뒤진다고는 생각되지 않는다. 미국에도 한 공장에서 완제품까지 모두 만들 수 있도록 설비를 갖추고 있는 회사가 그리 많지 않다. 대개 정제만 하거나 실험만 하거나 아니면 포장만 하는 등 전문성을 갖춰 분화된 형태로 나아가는 추세를 보이고 있다. 우리도 앞으로는 이와 같은 형태로 변화되어야 외국 제약회사들과의 경쟁력을 확보할 수 있을 것이다.

최근 한국에 진출한 몇몇 외국 제약회사들이 공장시설을 철수하고 있다. 그 이유는 한국에 있는 다른 제약공장에서 위탁생

산을 하거나 아니면 제3국이나 본국에서 직접 수입하는 것이
더 경제적이라는 판단에서이다. 인도산, 중국산 원료는 선진국
에서도 많이 수입해서 사용한다. 왜냐면 의약품 원료 산업이 공
해산업이기 때문이다. 의약품 원료를 가공할 때 중금속과 독성
이 녹아있는 폐수가 많이 배출되기 마련이다. 그래서 미국 등
선진국에서는 의약품 원료산업을 기피하고 있어 그것이 제3국
으로 많이 넘어갔고 거기서 다시 멕시코나 중국, 인도 등으로
재이전 중에 있다. 그렇기 때문에 많은 제약원료들 중 일부 고
부가가치 원료를 제외하고 모두 중국이나 인도에서 생산되고 있
다. 그러므로 무조건 중국산이나 인도산 제약원료를 수입해서
쓴다고 우리나라 약품을 믿을 수 없다고 매도해서는 안 된다. 단
순히 수입된 원료를 그냥 쓰는 것이 아니라 엄격한 품질검사를
거쳐 합격한 원료만 생산에 투입하므로 믿어도 좋을 것이다. 물
론 우리나라 약사법에서도 저질원료를 사용하지 못하도록 규정
하고 있다. 최근 들어 '식량 무기화'라는 말에 이어 '의약품 무
기화'라는 이야기가 자주 등장하고 있다. 즉 제약회사가 제대
로 없는 나라는 의약 강국의 손아귀에서 놀아날 수밖에 없는 것
이 현실이라는 뜻이다.

　최근 미국 연방법원이 「브리스톨 마이어스사」의 특허권 소유
인 항암물질 '탁솔'에 대한 경쟁업체의 소송에 대해서 이례적
인 판결을 내려 관심을 모았다. 이는 브리스톨 마이어스사의 특
허권 중 상당수에 대해 무효판결을 내려 여러 경쟁업체들에게
제네릭 약품을 판매할 수 있도록 길을 열어주었기 때문이다.

미국에서도 요즘은 특허 의약품 생산이 줄어들고, 카피 약품으로 전환하고 있는 추세라고 한다. 카피 또는 제네릭약품이란 특허 출원이 이미 끝난 제품을 모방해서 만드는 것으로 특허권의 보호를 받는 오리지널 약품에 비해 열배 가량 저렴하다. 그 여파로 다국적 제약회사의 매출이 줄어들자 합병을 통해 해외시장 개척에 다시 열을 올리고 있는 것이다.

한국인 의료진이 '한국의 약'을 만들고 그것으로 '한국인의 병'을 고쳐야 된다는 생각이 꼭 나만의 국수적인 발상일까. 이제는 자국의 제약산업이 발전해야 '의약품 무기화시대'에 경쟁력을 갖출 수 있다. 우리도 서둘러 이에 대비해야 할 것이다.

도전했다 실패해도 절반은 성공

한국유나이티드제약의 각 사무실에 큼직하게 붙어있는 글귀가 바로 '불굴의 개척정신'이다. 이것은 내가 전 직원들, 특히 신입사원 교육 때 가장 많이 강조하는 말이기도 하다.

영어로 하면 'BECAUSE OF'가 아니고 'IN SPITE OF'라고 풀이할 수 있다. 즉 '무엇 때문에 못 했다'가 아니라 '그럼에도 불구하고 해냈다'는 정신을 의미한다.

이런 불굴의 개척정신을 갖기 위해서는 자신의 한계를 무시해야 한다. 포기하고 싶거나 쉬고 싶은 욕구를 이겨내고 무조건 전진해야 한다. 일단 포기하고 싶다는 강렬한 유혹을 극복한다면 '할 수 있다'는 강한 잠재력을 발견할 수 있을 것이다. 이 때문에 우리 회사 직원들은 위에서 지시한 사항을 해내지 '못했다'고 보고 하는 것을 굉장히 두려워 한다. 이유가 어찌되었든 일을 해내지 못한 건 바로 실패와 다름이 없기 때문이다.

나는 영업사원 시절에 못한다고 포기했던 적이 한번도 없다. 약품을 납품해야 되겠다고 마음을 먹은 의원이나 병원이 일단 목표로 정해지면 나는 끈질기게 그곳을 방문했다. 계약이 성사

될 때까지 포기하지 않고 끝까지 붙들고 늘어져서 목표로 정한 곳에 반드시 약품을 납품하고야 말았다. 최선 이상의 노력을 하고, 최고 이상의 집중력을 발휘한다면 이루지 못할 것은 없다고 생각한다. 내가 어찌나 끈질기게 굴었던지 지금도 그때 얘기를 하면 손발 다 들었다며 고개를 설레설레 흔드시는 의사분이 몇 분 계신다. 이처럼 꺾이지 않는 불굴의 개척정신이 인연이 되어 지금까지 친분을 나누고 있는 의사분도 꽤 된다. 이들이 후에 내가 사업을 시작했을 때 큰 도움이 됐다. 참으로 고마운 분들이다.

처음에는 우리 약을 거들떠 보지도 않고 완강히 거부하던 의사들도 계속해서 찾아가 설득하고 열심을 보이면 그 거절의 강도가 점차 약해진다. 그런 다음에는 태도가 조금씩 긍정적으로 바뀌면서 끝내는 우리 약을 쓰게 된다. 이와 같은 경험은 나의 영업사원 시절에 빈번한 일이었다. 여기서 얻은 교훈이 바로 '포기하지 않고 계속해서 노력하면 영업은 반드시 성공한다'는 것이다. 이는 나의 오랜 경험에서 얻은 지혜다.

머리보다는 발이, 그리고 부정적인 생각보다는 긍정적인 생각이 모든 사람의 인생을 좌우한다고 나는 확신한다. 나는 평범한 사람과 비범한 사람의 삶이 따로 있다고 생각하지 않는다. 그들은 같은 사람이다. 다른 것이 있다면 인생에 대한 태도뿐이다. 부정적인 생각이 많아 발로 뛰는 실천을 주저하는 인생의 태도를 가진 사람은 바로 평범한 사람이다. 비범한 사람은 그와 반대로 긍정적인 생각으로 실천에 발 빠른 사람이다. 우리가 이런 인생의 태도를 갖게 되는 순간부터 비범한 사람으로 승리를 시작하게 되는 것이다.

나는 끈질긴 강청에 관해 성서에서 비슷한 예화를 발견했다. 어느 날 오래된 벗이 사막을 넘어서 친구 집을 방문했다. 그러나 그 친구 집은 너무 가난해서 먹을 것이 없었다. 밤늦게 찾아온 친구는 배가 고파 죽을 지경에 이르렀다. 보다 못한 친구는 옆집 부자에게 찾아가 아주 늦은 밤에 밥을 부탁했다. 부자 이웃은 "야, 이 미친놈아! 이 밤중에 무슨 소리냐? 내일 아침에 오라"고 호통을 쳤다. 하지만 이 가난한 친구는 계속해서 옆집 주인을 불렀다. "내 친구가 죽게 됐으니 밥을 달라"고. 그러나 옆집 주인은 "없으니 돌아가라"고 아주 매정하게 소리쳤다. 그래도 그 친구는 포기할 수 없었다. 끈질기게 사정 이야기를 했다. 결국 부자 이웃은 "네가 예뻐서가 아니고, 내가 잠을 자야 되니까 너의 부탁을 들어준다"면서 가난한 친구에게 밥을 주었다. 이것이 바로 성서에 나오는 '불굴의 개척정신'이다.

하지만 우리 회사는 실패한 직원을 절대 야단치지 않는다. 그에게 실패한 책임을 묻지도 않는다. 그러나 실패가 두려워 뒤로 물러서면 안 된다. 도전해 보지도 않고 쉽게 포기해 버리는 직원은 우리와 오래 같이 일을 할 수 없을 만큼 나쁘다고 생각한다. 이것은 고의적으로 회사에 손해를 끼치는 것과 다를 것이 없다. 나는 다시 강조한다. 도전했다가 실패해도 절반은 성공한 것이라고.

'영업이 쉬운 일이라면 배송 직원만으로도 충분하다. 그만큼 어려움이 있기 때문에 영업직이 귀해지고, 존경받고, 대우받게 되는 것'이라고 나는 항상 직원들에게 강조한다.

어려움 없는 평탄한 삶, 경쟁 없는 비지니스, 위험 없는 투자, 나는 결코 이런 삶을 살고 싶지 않다. 사업뿐 아니라 인생 자체가 바로 도전이다. 어려움이 없고, 경쟁이 없고, 위험이 없다면 삶이 너무 심심하지 않은가. 이런 투지를 주신 분께 감사드린다.

문화를 알아야 일류 세일즈맨

얼마 전 신문에서 너무나 신기한 사진 한 장을 보았다. 그것은 아름다운 미인 조각으로, 이집트 해저에서 끌어 올린 것이었다. 그 조각의 미인은 옛날 이집트인들에게 사랑을 많이 받았던 여신 이시스였다. 여신 이시스의 남편은 이집트의 주신 오시리스였다. 조각품의 발굴로 인해 그동안 신비에 가려있었던 오시리스와 이시스가 긴 침묵을 깨고 세상 밖으로 그 얼굴을 드러내게 됐다.

설화에 의하면 오시리스는 살해되어 지하 세계를 장악하는 신으로 남았다고 한다. 이와 비슷한 이야기가 팔레스타인지방의 바알신으로 연결되고, 또 바벨론의 세미라미스 신화로 이어진다. 인류 최초의 영걸 니므롯의 아내는 기적에 의해 임신했고, 그 결과로 아들 담무즈를 낳았다. 그 아들은 거대한 멧돼지에게 살해됐다가 다시 살아났다고 한다. 그래서 제사 때 돼지 머릿고기를 먹는 습성이 전세계적으로 비슷하다고 한다. 이러한 신화가 터키의 버가모 지방을 거쳐 로마로 들어와 담무즈의 표시인 물고기 형상과 기독교의 표시가 일치하는 우연을 보였다.

이와 같이 세계 한 모퉁이에서 일어나는 일, 그리고 신문 기사 한 줄이 세계 문화와 연결되는 것을 볼 수 있다. 이처럼 문화와의 상관성(相關性)을 이해하지 못 하면 국제 비지니스에서 뒤떨어질 수밖에 없다.

이제 전세계가 하나로 연결되는 지구촌 시대에는 세계 어떤 한 나라에서 벌어진 아주 작은 일도 바로 세일즈맨에게는 대화를 이끌어 갈 수 있는 주요한 소재가 된다. 그러므로 일류 세일즈맨은 그 나라의 문화와 전통에 대해 해박한 지식과 정보를 가져야 된다. 21세기는 지식과 정보의 무한경쟁 시대이기에 꾸준한 독서를 통해 새로운 지식과 정보로 무장한 자만이 무한경쟁 시대에서 살아남을 수 있다. 나는 해외 출장 중 비행기 기내에서 필요한 독서를 충분히 할 수 있어 다행이다.

그렇기 때문에 세계인을 대상으로 하는 우리의 비즈니스는 세계인 모두에게 우리나라의 문화와 얼을 전파하는 일이라고 자부한다. 이를 위해서 우리는 먼저, 경기도 광주에 지식경영 센타를 세웠다. 매주 금, 토요일에 관련부서를 한데 모아 멜팅 포트 미팅(MELTING POT MEETING)이라는 프로그램으로 전문지식 및 동질성을 갖도록 교육하고 있다. 이 프로그램은 내가 이스라엘을 방문했을 때 흑인과 백인, 황인종의 세계에서 살아온 유태인들을 어떻게 하나로 만들어 가는가를 보면서 느낀 것을 이 프로그램에 적용시켰다.

둘째로 게스트 하우스(GUEST HOUSE)를 운영하고 있다. 이는 미국 앨라배마 주 정부에 초청받아 갔을 때 주정부가 방문객을 호텔 대신 주정부 게스트 하우스에서 숙식을 제공하고 접대하는 모습을 보고, 우리 회사에 응용한 것이다. 즉 우리 회사는 비싼 호텔 대신 역삼동에 3개의 고급 오피스텔을 구입하여 바이어가 방문했을 때 활용하고 있다. 이렇게 하면 비용도 절감될 뿐 아니라 우리 문화를 그들에게 소개하기가 용이하기에 일석이조가 아닐 수 없다.

셋째는 인터내셔널 하우스(INTERNATIONAL HOUSE)를 운영하는 것이다. 동숭동 대학로에 사무실을 마련하고, 한국을 찾은 외국인에게 우리 말과 우리 문화를 알릴 수 있는 영상자료와 유인물을 제공하므로써 우리 문화에 손쉽게 접근할 수 있도록 돕고 있다. 이밖에 초,중,고급반의 한국어 교육과 더불어 월 1회 한국문화 기행을 통해 한국 풍물을 소개하고 있다.

넷째로 우리 회사는 올해부터 주요수출국에 장학 사업을 시작했다. 이미 베트남에는 3명의 대학생에게 장학금을 지급했다. 해외 판매를 통해 우리가 벌어들인 돈을 벌게 해 준 나라의 사람을 위해 사용하겠다는 것이 우리의 기본 입장이다.

이는 아낌없이 주는 나무처럼 우리 유나이티드제약이 그들에게 도움을 줄 수 있는 기업으로 성장해 가기를 바라는 나의 마음이다. 이것이 바로 내가 생각하고 있는 기업관이며 청지기정신이라 할 수 있다.

그럼에도 불구하고 할 수 있다

　요즈음 나는 젊은 사람들과 일을 같이 하면서 정말 많은 것을 배운다. 그들은 우리가 젊었던 그 시절보다 훨씬 더 똑똑하다. 자기의 의사를 분명하게 표현할 줄 알고 전문적인 지식 측면에서도 놀랄만한 실력을 갖추고 있다. 젊은 사람들 대부분이 컴퓨터는 기본으로 다룰 줄 알고 외국어도 영어를 비롯해 제2외국어까지 능통하는 등 능력면에서는 우리 아날로그 세대에 비해 월등하다.

　그렇다고 디지털 세대가 모든 면에서 완벽한 건 아니다. 부족한 부분도 있다. 그것은 인내력이다. 3분이면 완성되는 인스턴트 음식에 길들여져 있는 젊은이들은 조금이라도 시간이 지체되는 것을 못 견뎌한다. 인터넷도 초고속 광통신으로 실시간에 모든 것이 이루어져야 한다. 그러니 끈기와 인내심과는 거리가 멀 수밖에 없다.

　또 디지털 세대에게 부족한 건 책임감이다. 개인주의가 극도로 팽배한 세대를 살고 있는 그들이 회사보다 개인을 우선시 하는 건 어쩌면 당연한 일인지 모른다. 개인 중심적인 그들의 성향이 회사를 운영하는 경영자 입장에서는 결코 환영할 만한 일이 아니다.

오늘도 많은 젊은이들이 어려움을 당하게 되면 참고 인내해서 그 역경을 극복하려고 하기 보다는 쉽게 좌절하고 절망한다. 또 일이 잘못되면 그것을 자신이 책임지고 수습하려 하기 보다는 남의 탓을 하거나 변명하는 모습을 자주 볼 수 있다. '그럼에도 불구하고 해보겠다'는 긍정적인 말보다는 '무엇 때문에 할 수 없다'는 말을 더 쉽게 하는 것이 그들의 아쉬운 점이다.

그러나 이 때문에 아직은 아날로그 세대들이 회사에서 할 일이 있는 것이다. 아무리 진주알이 많아도 이것을 꿰어서 진주목걸이로 만들어야만 상품으로써 가치가 있는 것처럼 디지털 세대가 제 아무리 능력이 많아도 그것이 조직이라는 실에 꿰어져야만 제 몫을 할 수 있다. 즉 능력있는 젊은 보배들을 꿰어서 그들의 능력을 회사를 위해 제대로 발휘할 수 있도록 해야 하는 것이 바로 아날로그 세대들이 해야 할 역할이다. 그렇기에 나는 오래된 직원들을 좋아한다. 간장도 묵은 간장이 더 맛이 좋은 이치와 같다.

나는 대학을 졸업한 후 장교로 임관했다. 전방 철책선 소대장으로 40명의 소대원을 이끌고 있었다. 우리는 매일 북한군의 선전방송을 들으며 혹독한 훈련을 받았다. 하루에도 몇 번씩 '죽음'을 생각할 만큼 참으로 견디기 힘들고 어려웠던 시절이었다. 하지만 그토록 혹독한 훈련을 견디어 냈기 때문에 제대 후 직장 잡기가 하늘의 별 따기 만큼 어려웠던 시절에도 살아남을 수 있었다. 또 영업사원을 좋지 않은 선입견으로 보았던 그 당시 풍토 속에서도 잘 버틸 수 있었다.

내가 10년 동안 영업사원으로 일하면서 한번도 목표 달성에 실패한 적이 없었던 것은 능력이 뛰어났기 때문이 아니다. 나는 어떤 어려운 환경과 고난이 다가와도 그 때문에 할 수 없다고 포기했던 적이 한번도 없었다. 어렵고 힘든 환경이지만 그럼에도 불구하고 '나는 할 수 있다'고 나 자신을 부추기며 몸으로 직접 부딪혔다. 이와 같은 나의 신념, 즉 어떤 나쁜 상황에도 '할 수 있다'는 신념은 '가까운 미래에 꼭 제약회사를 스스로 운영하겠다'는 전혀 불가능해 보였던 나의 목표를 지금처럼 가능케 했다. 나는 보통 사람이라면 약품수입상을 시작하겠다고 엄두도 낼 수 없는 적은 돈으로 사업을 시작했고 자본금도 제대로 마련되어 있지 않은 상황에서 막대한 시설비가 들어가는 제약업을 시작했다. 또 많은 기업체가 도산됐고 도산 위기에 직면했었던 IMF 그 위험한 시절에 중앙연구소를 설립해 지금은 제법 훌륭한 연구소로 발전시켰다.

더욱이 의약품 수출을 절대 생각할 수 없었던 상황에서도 세계로 눈을 돌려 현재는 30여개 국에 1천만 달러 이상을 수출하고 있다. 미국에 공장을 세우는 것이 불가능하다는 주위의 우려 속에도 불구하고 그것을 실천에 옮겨 지금 미국 앨라배마에 제약공장을 완성했고 베트남과 요르단에도 공장을 설립하기 시작했다.

무엇 때문에 '할 수 없다'는 말 대신 어떠한 어려움에도 불구하고 나는 '할 수 있다', '해낸다'는 그 정신은 바로 '긍정적인 사고'에서 출발한 것이다. 그야말로 '그럼에도 불구하고' 할 수 있다는 나의 신념은 무에서 유를 창출해 냈다.

나는 어려운 환경에도 불구하고 자신이 목표했던 큰 일은 끝까지 이루어냈던 많은 사람들을 알고 있다. 많은 재벌그룹의 회장, 대통령 등 모두가 젊었을 때 가난과 고통에도 불구하고 목표를 이루어 냈던 사람들이다.

그런데 나의 '할 수 있다'는 신념 뒤에는 수없이 많은 어려움과 고독이 있었다. 이러함에도 불구하고 나는 이것을 신앙으로 극복했다. 어려움이 닥쳤을 때마다 하나님께서 용기와 지혜로 함께 하셨고, 나는 그 힘으로 모든 것을 이겨낼 수 있었다고 고백한다. 세상을 밝게 보며 어려움을 이겨낼 수 있다는 긍정적인 생각을 갖고 우리에게 지혜를 주시는 하나님을 의지하며 그에게 좋은 것을 구한다면 하나님께서는 항상 우리의 기도를 들어주신다는 것에 나의 지론이다.

'큰 뜻을 가지고 하나님께 모든 것을 구하라. 그리하면 그분께서는 분명 좋은 것으로 우리에게 주실 것'이라고 나는 자신 있게 말할 수 있다. 젊은 시절 나 또한 모든 것을 그에게 구했고 하나님께서는 크고 좋은 것으로 나에게 축복하셨다.

구하면 반드시 얻을 것이다. 그러나 우리가 원하는 것이 하나님의 나라와 그의 뜻이 이루어지는 선한 목적이어야만 한다는 사실도 잊지 말아야 할 것이다. 좋은 뜻을 세우고 불굴의 정신으로 임한다면 이루지 못할 일이 없을 것이다. 이런 정신으로 세계적인 기업을 육성하고 거목과 같은 회사를 만들어 많은 이들에게 그늘을 만들어 주는 것이 한국유나이티드제약의 경영이념이고 내가 원하는 바요, 앞으로 나아갈 길이다.

미국 공장이야기

미국에 F.D.A(미국식품의약청)의 허가를 받아 공장을 짓고 의약품을 생산하는 것은 생각보다 어려운 일이다. 처음에 미국 주정부로부터 대지와 공장을 싼값에 구입하고 내부 시설만 제약공장으로 바꾸는 작업에 들어갔다. G.M.P(의약품제조 및 품질관리 기준)에 맞는 공장시설을 갖추려고 하니 건축법도 모르고 약사법도 모르는 완전 백지장에서 시작하는 그 막막한 심정을 표현할 길이 없었다. 그래서 결국 미국 한 설계 회사에 견적을 뽑아달라고 했고 관계자 2명이 한국에까지 와서 견적을 주고 참고적인 사항까지 친절히 알려주었다. 그래서 나는 미국사람들이 꽤 친절하다고 감격해 했다. 그런데 막상 그 가격을 받아보니 1백만 달러정도다. 우리 돈으로 13억원 정도가 설계비라고 한다. 나는 또 한번 감격했다. 나를 아주 부자로 아는 것 같아서였다. 그래서 우리는 한국 업자를 선정해 그 견적을 토대로 현황을 가르쳐준 후 미국에 동행해서 미국법을 같이 연구하여 일단 우리식으로 설계도면을 만들었다. 아주 싼 가격이었다. 그리고 그때부터 더 많은 절약 방안을 찾기 시작했다. 우선

컨설팅 회사를 찾아서 자문을 받고 조그만 건설회사를 찾아서 '건설은 우리가 할 테니 당신들은 허가 도장만 찍어 주시오.' 라고 제의했다. 그들도 처음에는 우리를 미친놈 취급하며 버티더니 결국 설득을 해냈다. 그렇게 하니 처음 1백만 달러가 들던 비용이 40만 달러 정도로 대폭 절감되었다.

하지만 이로써 끝난 것이 아니었다. 이제는 다 마무리되었는가 싶더니 실제 공사를 하는데도 설계도면대로 하면 또 1천만 달러가 들어간다는 견적이 나온 것이다. 그래서 한 일년동안을 밀고 당기는 실랑이를 한 결과 우리가 법적 절차를 밟아주고 면허를 받아주는 직영처리를 통해 결국 200만 달러에 공사를 완공했다. 루번시장이 깜짝 놀랐다. 날림공사를 한 줄 알고 있었는지 실제 공장을 둘러보더니 너무 반듯하게 잘 지어서 놀란 것이다. 그리고 앞으로 우리는 또 한번 그를 놀라게 하고 싶다. 루번시에 있는 공장이 미국뿐만 아니라 세계제약시장을 석권하는 거대 기업으로 탄생하게 만들어서 말이다. 그래서 한국인 주인인 다국적 제약기업이 미국인의 가슴 속에 존경받는 기업으로 남아있게 하고 싶다. 이것이 바로 내가 미국에 공장을 세운 이유 중에 하나이다.

체력은 기업의 경쟁력이다

　기업이 뿌리를 깊이 내리고 계속해서 성장해야 하는 것은 많은 사람에게 일자리를 주며 그들에게 생활의 터전을 마련해 주기 위해서다.　이같은 이유로 기업은 단순한 물질적 단위가 아니라 인격을 갖춘 하나의 인격체라고 할 수 있다. 따라서 기업 정신은 그 사회의 문화를 형성한다. 이는 우리 사회의 건강을 유지시키고 역사를 움직여 나가는 원동력이 된다. 기업의 육체적 건강이 기업의 이익으로 나타난다면 기업의 정신적 건강은 기업의 사명으로 나타난다고 생각한다.

　이처럼 기업의 역할이 사회에서 중요한 몫을 감당하는 것과 마찬가지로 기업에 있어서는 CEO의 역할이 무엇보다 중요하다. CEO는 배의 항로를 지휘하는 선장과 같은 역할을 한다. CEO의 건강이 바로 기업의 건강과 일치하는 경우가 많다. 즉 CEO의 건강은 기업의 경쟁력이다.

　그러나 CEO의 건강에 있어서 육체적 건강보다는 정신적 건강이 훨씬 더 중요하다고 본다. 왜냐면 건전한 정신이 건강한 육체를 만들기 때문이다. 그래서 나는 건강을 이야기할 때마다 정신적인 건강을 지나치다 싶을 정도로 강조한다. 나에게 정신 건강을 유지하는 방법은 첫째 기독교 신앙에 기초한다. 정신적 건강을 유지하기 위해 매일 성서를 접하고 이를 통해 하나님과 영적 교감을 나누며 그로 인해 정신 건강을 고양시키고 있다. 성서를 읽으면서 그것을 통해 하루를 생각하고 계획하고 반성하면서 새로운 하루를 설계한다. 어렵고 힘든 일이 있을 때마다 성서의 말씀을 통해 새로운 힘을 얻곤 했다.

또 나는 매일 하나의 기원을 가지고 하루를 시작했다. 아침에 일어나서 눈을 뜨자마자 기원할 수 있는 기도문을 하나 만들었다. 기도문은 굳이 유창한 말로 멋있게 하려고 애쓸 필요 없다. 다만 단순하지만 영혼의 아주 깊은 곳에서 나온 자신의 음성으로 간절히 바라는 기원이면 족하다.

"하나님 아버지, 당신이 저에게 허락하시니 일을 할 수 있는 지혜와 힘을 주십시오. 날마다 처음과 같은 열정으로 새로운 최선을 만들어 갈 수 있도록 도와 주십시오. 그리하여 저의 기업으로 하여금 조금 더 나은 사회를 만들 수 있도록 하여 주옵소서."

이렇게 기도하며 하루를 시작하면 그저 해치워야 할 지루한 일상적 일정 밖에 없는 하루 속에서도 나는 열정을 지닌 채 살 수 있었다. 매일 매일을 다시 오지 않는 마지막 날로 여기며 최선을 다해 살 수 있었다. 이런 정신적 지주가 없었더라면 힘들고 고달픈 사업을 해오면서 나는 벌써 여러 번 포기하고 말았을 것이다.

둘째로 정신적 건강 만큼 중요한 것이 바로 육체적인 건강이다. 나는 이를 위해 담배는 절대 피우지 않고, 술은 아주 적게 마신다. 술과 담배는 인간을 노화시키는 유해활성산소를 만들어 건강을 크게 해친다는 사실은 누구나 잘 알고 있는 바다. 그럼에도 불구하고 술과 담배를 절제하지 못하는 건 그만큼 그것에 중독성이 있어서이다.

만약에 술과 담배를 절대로 멀리 할 수 없다면 조금씩이라도 자제하기를 권하고 싶다. 아울러 유해산소를 없애는 비타민, 인삼, 은행잎 추출물 등 항산화계 건강식품을 정기적으로 먹는 것도 건강 유지에 굉장히 큰 도움이 될 것이다. 나 자신도 이를 통해 굉장한 효과를 보고 있어서 주변 사람들에게 권장하고 싶다.

또 헬스클럽에 가서 아주 가벼운 운동을 꾸준히 실시하고, 목욕요법을 즐겨 하는 것도 몸의 피로를 푸는데는 참으로 좋다. 내가 헬스클럽에 나간 지도 어언 20여 년이 되어간다. 이제 습관처럼 되어 버린 헬스클럽에서의 운동이 나의 체력을 지키는데 큰 힘이 됐다. 이밖에 가끔 골프도 치지만 시간이 아까워 자주는 하지 못한다. 그래서 업무 중에 시간이 잠깐씩 날 때마다 간단한 워킹을 하고, 심호흡과 스트레칭 등으로 몸의 긴장을 풀어주고 있다.

또 나는 피곤이 쌓이지 않도록 충분한 수면을 취하기 위해 노력하고 있다. 사실 아침 7시30분에 회사에서 일을 시작해 밤 12시가 넘도록 일하다 보면 언제나 잠이 부족할 수밖에 없다. 그렇기 때문에 나는 자동차를 통한 이동시간에 부족한 잠을 보충하곤 한다. 그 때문인지 나를 아는 주위 사람들은 모두 나에게 항상 힘이 넘친다고 얘기한다.

재물을 잃는 것은 일부를 잃는 것이지만 건강을 잃는 것은 전부를 잃는 것과 같다는 말도 있지 않은가. 그렇기 때문에 육체적 건강의 중요함은 비단 CEO에게만 국한되는 것은 아니다. 말단 직원일지라도 건강하지 못하다면 맡은 바 업무를 충실히 수행할 수 없는 건 당연하다. 우리 모두는 나 자신의 건강이 우리 회사의 건강과 직결된다는 생각으로 우리 정신 건강과 육체 건강 유지를 위해 노력하는 것을 게을리 해서는 안된다.

마음을 비우면 사람이 보인다

　나는 앞에서 목표를 확실히 세우고 불굴의 도전정신으로 전진하는 것만이 성공의 지름길이라고 언급한 바 있다. 하지만 여기서 전제되어야 할 것이 하나 있다. 그것은 바로 목표를 이끄는 인간의 존재다. 다시 말해 목표를 세우고 그것을 이끌어 나가는 주체가 반드시 인간이어야 한다는 것이다.

　어떤 경우에는 인간은 없고 목표와 그것을 이루고자 하는 욕망만 있을 뿐이다. 그러나 우리가 욕망에 지나치게 집착하면 그 속에 매몰될 수밖에 없다는 사실을 기억해야 할 것이다. 즉 욕망에 집착하게 되면 그로 인해 눈이 멀게 된다. 판단이 흐려지고 가장 중요한 핵심을 놓치게 된다. 과도한 집착은 모든 기회를 볼 수 없게 만든다. 이로써 우리 마음 속에 불안의 싹이 자라나게 된다.

　만약 내가 목표한 그 자리에 오르지 못한다면, 생각했던 것만큼 돈을 벌지 못한다면, 내가 그토록 갈망하는 회사를 만드는 데 실패한다면, 그러면 인생이 그것으로 완전히 끝나버릴 것처럼 불안한다. 그렇지만 욕망 그 자체는 나쁜 것이 아니다. 목표는 분명 가치가 있고, 그 목표를 향해 전진할 때는 불굴의 정신으로 도전해야 한다.

그러나 목표를 실현하기 위해 나 자신, 인간을 잃어버리면 모든 것을 잃는 것과 마찬가지다. 도에 지나치는 욕망은 인간을 이기적으로 만든다. 욕망에 눈이 먼 사람은 자신의 행동이 다른 사람들, 즉 가족과 친구와 이웃 그리고 동료들에게 어떤 영향을 미치게 될 지 전혀 고려하지 않는다. 오로지 자신의 목표와 자신의 욕망만 생각할 뿐이다. 때문에 그렇게 되면 목표를 위해 남을 해치는 것도 정당화된다. 하지만 그렇게 성취된 목표로는 인간을 행복하게 할 수 없다.우리가 행복한 성공을 얻으려면 보다 확실한 목표를 세우되 그것을 실현함에 있어서는 지나친 욕망을 버리고 마음을 비워야 한다. 그러면 거기에 사람이 보일 것이다.

그런데 나의 이와 같은 인간 중심적 목표론으로 인해 그동안 우리 회사가 덤핑을 방조해 왔다는 오해 아닌 오해를 받아오기도 했다. 이는 옛날부터 잘 알고 지내던 도매상 친구가 싸게 덤핑을 해놓고 물건을 달라고 하면 정에 이끌려서 그것을 단호하게 끊어버리지 못했기 때문이다. 그러다보니 때에 따라서는 덤핑 방조범이 되기도 했다. 하지만 여기에는 내가 욕심을 버리고 밑지면서까지 그 상대방을 배려하면 그것은 나중에 보상될 것이라는 인간에 대한 기본적인 믿음이 있었다.

누군가 이런 말을 했다. 인생은 부메랑과 같은 것이라고.

"한 되짜리 그릇을 가져가서 한 말의 물을 길어 올 수는 없다. 찡그린 얼굴을 내밀고서야 어찌 이웃에게 따뜻한 미소를 기대하겠는가? 퉁명스러운 물음으로 어떻게 부드러운 대답이 돌아오길 바라겠는가?"

베푼 것은 돌아오게 마련이다. 내가 상대방에게 이익을 주었다면 그들 역시 언젠가는 나에게 그만큼의 이익으로 되돌려 줄 것이다. 즉 심은 대로 거둔다는 얘기다.

그러나 나의 이와 같은 주장에는 어폐가 있을 수 있다. 아니 어떻게 성공이란 목표를 위해서는 불굴의 도전정신이 있어야 한다고 주장하면서 인간을 먼저 생각하라고 할 수 있단 말인가. 내 말에 부정적인 사람도 있을 것이다.

영국의 구세군 창설자 W. 부드는 그의 자서전에서 '어떤 사람의 성공을 위한 야망은 문예에 있고, 어떤 사람의 야망은 명예에 있고, 어떤 사람의 야망은 황금에 있다. 그러나 나의 야망은 사람에 있다'고 했다. 내가 여기서 강조하고 싶은 것은 인간이 없는 성공은 무가치하다는 사실이다.

한국인이 주인인 다국적 기업을 만드는 것이 내 목표다. 하지만 거기에 내가 없고, 내 가족이 없고, 내 이웃이 없고, 내 동료가 없다면 그 기업은 무가치 할 수밖에 없다. 돈을 버는 것만이 전부가 아니다. 돈도 좋지만 인간적인 냄새를 맡으면서 일하고 싶다. 일을 즐기며 하고 싶다. 나는 나와 거래하는 모든 사람들에게 서로 이익을 나눌 수 있는 사람으로 기억되고 싶다. 한없는 우정을 가지고 절대로 상대방의 마음을 아프게 하지 않고 배신을 모르는 선량한 이웃으로 말이다.

우리가 지닌 각각의 감정계좌에 항상 플러스로 적립될 때 거기에는 신뢰가 쌓이고, 행복이 쌓이고 결국에는 나의 목표를 성취한 성공이 쌓이게 될 것이다. 이런 인간적인 관계가 내가 사업을 하면서 어려움을 겪을 때마다 힘을 주었고 외로움과 고독에서 벗어날 수 있는 원동력이 됐다.

젊음의 정열, 일에 쏟아부어라

　나는 요즘 젊은 세대에 아쉽게 생각하는 게 하나 있다. 그것은 일에 미쳐있는 열정이다. 피가 끓는 젊은이라면 자신이 사랑하는 일에 한번 미쳐봐야 한다. 젊었을 때 자신의 정열을 모두 일에 쏟아 붓는 것도 일생에서 한번쯤 투자해 볼 만한 가치가 있는 일이다. 이것은 훗날 그들이 성공 자화상을 그릴 때 크게 도움이 될 수 있다고 믿는다.

　이는 내가 젊은 시절 땀 흘리며 몸으로 직접 부딪히면서 깨달은 결과다. 젊은 시절 일에 바쳤던 나의 정열이야말로 나를 지금의 성공으로 이끈 중요한 요인이라고 자신있게 말할 수 있다.

　하지만 요즘은 토요휴무제니, 근로시간 단축이니 해서 일보다는 여가에 더욱 많은 시간을 할애하고 있는 것이 현실이다. 그래서 많은 젊은이들은 아무리 돈을 많이 벌 수 있고 또 보람있는 일이라고 해도 여가시간이 제대로 확보되지 않는다면 그 직업을 기피하는 경향을 보이고 있다. 이는 아마도 3D 업종을 기피하는 요즘의 세태와 일맥상통한 것이다.

　그렇지만 나는 자신이 종사하는 분야에 모든 것을 내놓아야 한다고 생각한다. 그렇게 할 수 없다면 그 분야를 떠나라고 충고하고 싶다. 치열한 삶의 투쟁 속에서 열정적인 실천이 있을 때만이 성공의 희열과 인생의 보람을 맛볼 수 있다.

그렇다고 무조건 땀흘려 노력만 하라는 말은 아니다. 아리스토텔레스도 '품삯을 받고 일하는 것은 천하다. 자유민에게 어울리지 않는다. 수공업자의 일도 천하기는 마찬가지고 장사치도 그렇다. 여가만이 인간을 자유롭게 한다' 고 말했다.

일은 인생에게 있어서 더 없이 소중하지만, 언제나 일에서 벗어나고 싶어하는 것이 인간의 기본적인 속성이다. 즉 인간은 대부분 일을 하고 있는 그 순간에도 그것으로부터 벗어나고 싶어하는 이중성을 가지고 있다.

그러나 나는 굳이 일하는 시간을 줄이지 않더라도 여가를 충분히 즐길 수 있다고 생각한다. 보통 성인들은 하루의 3분의 1은 일하는 데 쓰고, 또다른 3분의 1은 수면과 휴식에 사용한다. 그리고 나머지 3분의 1에 절반은 출퇴근, 식사, 몸치장 등 일을 하기 위한 유지활동으로 쓰여지고, 우리에게 자유롭게 허락되는 건 나머지 절반이다. 그러나 이것마저도 우리는 빈둥거리며 수다를 떨거나 술을 마시는 등 산만하게 흘려 보내는 경우가 흔하다. 이것을 적극적인 여가 활동으로 전환시킨다면 같은 시간을 투자해서 몇배 더 즐거움을 얻게 될 것이다. 적극적인 방법으로 자신의 취미를 추구하는 능동적 여가 활동은 인간에게 훨씬 더 많은 몰입의 즐거움을 경험하게 만든다.

이처럼 여가는 일만큼이나 인간에게 필수적이지만 그것은 벗어나기 힘든 함정이 되기도 한다. 문제는 시간을 할 일없이 소모해 버리는 수동적 태도로 여가를 보낼 때 생겨난다. 이런 태도가 습관이 되면 삶은 무너질 수밖에 없다.

여기서 우리는 여가의 목적이 여가 그 자체에 있지 않음을 기억해야 한다. 여가 시간 목적은 재충전, 즉 생존활동에 적극적으로 참여할 수 있는 에너지를 얻기 위함이다. 따라서 여가시간을 적극적, 능동적으로 활용할 때 우리는 굳이 여가시간 확보를 위해 인생에게서 더없이 소중한 일의 시간을 줄일 필요가 없게 된다. 또 하나 우리가 기억해야 할 것은 일에 자신의 정열을 모두 바치게 된다면 일도 여가 만큼이나 우리에게 기쁨과 즐거움을 줄 수 있다는 사실이다.

그러나 일에서 즐거움이 떨어져 나가면 일은 고통스럽다. 일에 대한 압박감과 스트레스가 우리를 짓누르게 된다. 일에 끌려 다니면 고달플 뿐이다. 이래서 일도 즐겁게 할 필요가 있다.

내가 주로 영업에 종사했었기에 많은 영업사원들에 관해 알고 있다. 자신의 일에 즐거움을 찾는 사원들은 항상 새로운 고객을 찾아나서고 단골 고객을 정성껏 관리한다. 또 어떤 상황에서도 기회를 놓치지 않는다. 눈 앞의 실적에 집착하지 않고, 그들은 일 그 자체에서 즐거움과 보람을 찾는다. 하지만 또 다른 유형의 사원들은 일할 생각은 하지 않고, 여가 시간만 기다린다. 고객 상담에도 열의를 보이지 않고 상담할 고객도 많지 않다. 그저 할당량 채우기에 급급하다. 그래서 그들은 항상 지름길로 건너가고 싶은 유혹에 시달린다. 즉 계약을 성사시키기 위해 가격을 낮추는 편법을 쓰기도 한다. 그들은 상품이나 기업의 가치를 파는 것이 아니라 그저 가격만 판매할 뿐이다.

결국 전자는 일에서 즐거움과 함께 성공도 얻게 되지만 후자는 고통과 함께 실패의 쓴 잔을 맛볼 수 밖에 없다. 결론적으로 인생에 있어서 자신의 모든 것을 내놓을 만큼 가치있는 일에 모든 정열을 쏟아부으며 즐겁게 일하는 자는 반드시 성공한다. 이들은 여가시간도 능동적, 적극적으로 활용하는 지혜도 함께 갖고 있는 현자들이다.

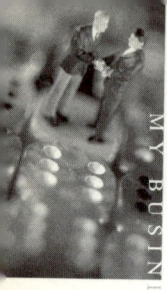
딸 걱정

딸 가진 부모의 마음은 너나 할 것 없이 다 같은 모양이다. 나같이 나이든 세대는 그저 딸이 좋은 남자에게 시집 잘 가서 아들 딸 놓고 잘 사는 것이 가장 큰 소망이다. 그러나 요즘 세태가 어찌 이것을 용납하겠는가. 최근 신문에는 이혼율이 급증한다는 기사들이 즐비하니 '요즘 젊은 친구들 어디 믿겠나' 하는 생각이 절로 든다. 요즘 남자들은 점점 여성화되고 약해지고 있으며 심지어 부인이 직장 다니며 돈 벌어오는 것을 좋아하는 젊은 친구들이 늘어나고 있다고 한다. 그래서인지 여성들이 약 80년을 산다고 볼 때 남편만 의지하고 살기에는 세월이 너무 길고 안타깝다는 생각이 든다.

그래서 나는 지금도 딸을 어떻게 교육하고 방향을 제시할까 고민하고 있다. 나는 우선 딸에게 전문직 공부를 시켜야겠다는 생각을 하고 있다. 그런데 또하나 여성 취업 문제가 맘에 걸린다. 한국 여성이 어디 마땅히 취업할만한 곳이 있겠는가? 우리 사회에 문제가 있다고 생각해보지만 비단 사회에만 그 책임을 떠넘길 수는 없을 것이다. 나도 기업을 하면서 많은 여직원을 채용하고 함께 일을 해왔고 지금도 많은 여성들이 회사에 있다. 아마 우리 회사 발전의 원동력은 우수한 여직원들 때문이 아닌가 생각한다. 그런데 안타깝게도 때가 되면 시집을 가게 되고 또 몇 년 지나면 그 우수한 여직원들에게 하나 둘 문제가 생기기 시작한다. 첫 아이를 낳으면 별 문제가 없지만 둘째, 셋째가 태어나면 정말 직장 생활하기가 어려워져 자연스레 회사업무가 둘째가 되고 가정이 우선시 되니 회사로서는 참으로 난감한 일이 아닐 수 없다.

게다가 출산한 후 몇 개월 쉬다 보면 그것이 업무의 공백으로 이어져 전체 업무에 마비가 생기기 마련이다. 또한 정부는 출산 휴가를 더 주라고 하고 여성에 대한 더 많은 배려를 법제화하니 신입사원을 뽑을 때 회사입장에서는 여성 채용을 망설이지 않을 수가 없는 것이다. 법으로 더 많은 혜택을 강요하면 오히려 취업문은 더 좁아지는게 아닌가 생각하니 딸 걱정이 우선 앞선다. 그렇게 오랜 시간 많은 돈을 투자해 좋은 학교에서 실력을 쌓은 예쁜 딸인데 사회가 이런 대접을 하니 가슴 아픈 일이 아닐 수 없다. 그래서 최후의 방법으로 사회에 진출하는 딸에게 프로 직업인으로서의 정신교육을 강화시킬 예정이다. 그저 시집가기 전에 잠깐 취미로 직장 생활한다는 정신으로는 본인도 회사도 모두 손해라는 생각을 심어주고 싶은 것이다. 전문가만이 풍요롭고 보다 나은 삶의 질을 누릴 수 있다는 것이 내 지론이다. 한 여성이 단지 평생을 한 남자와 가족을 부양하는 삶의 시대는 이제 막을 내릴 것이다. 미국같이 부부가 함께 일해야 먹고 살 수 있는 시대가 이미 도래한 것이다. 안이한 생각으로 시작하면 여성 자신의 정체성은 물론 한 가족의 생계에도 지대한 영향을 미칠 것이다.

자기 자신을 사랑하라

　세상 속에 자신을 우뚝 세운 수많은 21세기의 영웅들 중에 세상과 자신을 사랑하지 않은 사람은 아무도 없다. 어떤 일을 하든 자신에 대한 사랑을 잊어서는 안 된다. 다른 사람이 나를 잊을 때도 있고, 내 능력을 믿지 못할 때도 있다. 그러나 나만은 자신의 힘과 능력을 믿어야 한다.

　다른 사람이 나에게 무능력하다고 말할 수도 있다. 그러나 나 자신은 그렇게 말해서는 안 된다. 스스로를 보호하고 격려해 줄 사람은 이 험한 세상에서 바로 나 자신 뿐이다. 나의 삶을 책임지고 있는 것은 다른 사람이 아니다. 무엇보다도 나 자신에게 책임이 있다. 그렇기에 나 자신에게 책임감을 갖고, 나 자신을 사랑하고 신뢰하려면 무엇보다 철저한 준비가 뒤따라야 한다.

　예를 들어 내가 많은 시간과 노력을 투자하여 수영하는 법을 완벽히 터득했다면 훗날 물에 빠지는 위험이 닥쳤을 때 나는 나 자신을 믿을 수 있게 된다. 설령 아주 오랫동안 수영을 하지 않았다 할지라도 나 자신을 믿기에 물에 몸을 맡기고 유유히 헤엄쳐 나올 수 있게 된다. 결국 자기 자신을 사랑하는 사람은 자기 계발에 게으르지 않다. 자기 계발은 이미 자신이 가지고 있는 장점을 인식하고, 그것을 계발하기 위해 돈과 열정, 시간과 영혼을 투자하는 것이다. 즉 오직 자신이 가진 장점에 몰두해야 한다. 남이 아무리 좋은 장점을 가졌어도 그것은 내것이 아니다. 그러므로 내 것을 장점으로 개발해야 한다.

한 통계 자료에 따르면 미국의 백만장자 중에 80% 이상이 자신의 직업이 자신의 적성과 능력에 부합됐기 때문에 성공할 수 있었다고 답변했다고 한다. 이는 자기 계발을 통해 자신의 장점을 찾아내는 것이 곧 성공을 위한 첫걸음이 될 수 있다는 얘기다. 하지만 여기에 실천이 뒤따르지 않으면 자기 계발은 무용지물이나 다름이 없다.

옛날에 어떤 위대한 바이올린 연주가가 있었다고 한다. 그는 음색이 뛰어난 바이올린 하나를 갖고 있었다. 어느날 여름 휴가로 잠시 여행을 떠나게 됐다고 한다. 그 연주가는 자신의 목숨보다 귀한 바이올린을 자신의 부모 집에 맡기고 떠났다. 떠나기 전 모든 가족들에게 바이올린을 절대 사용하지 말라고 당부했다. 하지만 이것은 그의 최대 실수였다. 바이올린은 목재로 만들어진 악기이기 때문에 사용하지 않으면 좀이 쓸고 조금씩 썩어들게 마련이다. 결국 훌륭한 음색을 가진 귀한 바이올린은 아름다운 덮개 속에서 벌레에게 먹혀 악기로서의 가치를 잃고 말았다. 이는 아무리 훌륭하고 귀한 것이라 할지라도 사용하지 않으면 아무런 소용이 없음을 보여주는 좋은 예화가 아닐 수 없다.

그러므로 일단 자기 계발을 통해 자신의 능력과 적성을 파악

했다면 그것을 종합해 실천에 옮겨야 한다. 그러나 실천함에 있어서 함께 수반되어야 할 것은 바로 자신의 능력에 대한 믿음과 사랑이다. 즉 자기 계발과 자신에 대한 신뢰가 합쳐져 자신감이 형성된다. 자신감을 갖게 된다면 주변의 사람들도 나를 신뢰하게 될 것이다. 그들은 나의 성공을 의심하지 않을 것이다. 자신감만 있다면 과거에는 넘을 수 없을 것 같았던 장애물들이 한결 낮아 보일 것이다. 어떤 어려운 장애물도 능히 극복해 나갈 수 있다.

얼마 전 어떤 목사님으로부터 들은 얘기다. 어느날 택시를 탔는데 힘든 상황인데도 그 택시운전수가 콧노래를 흥얼거리고 있었더란다. 뭐가 그리 좋으냐고 물었더니 그 운전수가 미소를 지으며 당당히 말했다고 한다.

"한때는 초등학교를 겨우 졸업한 사람으로 나 자신이 무가치하다고 느꼈었지만 성경말씀 네 구절을 외우고 나서 다시금 자신감을 얻었습니다. 지금은 대학총장도, 대통령도 부럽지 않습니다."

그 운전수가 외웠다는 성경 구절은 '너희 믿음대로 되리라' '너희가 못할 것이 없느니라' '누가 나를 대적하리요' '내가 모든 것을 할 수 있느니라' 등이었다. 결론적으로 자기 자신을 사랑하는 신뢰감을 바탕으로 자신의 능력을 계발하고, 자신감있게 일에 도전할 때 우리는 성공에 한걸음 다가설 것이다.

외골수 고집, 불도저 같은 추진력

나는 평생 서울 토박이로 지냈다. 6.25 전쟁 때 서울 보문동에서 살았다. 6.25 전쟁이 끝난 후 우리는 모두 가난하고 어려운 시절을 보내야 했다. 지나가는 미군 트럭 뒤를 쫓으며 껌과 초코릿을 애걸하기도 했었다. 오랜 굶주림 끝에 겨우 소금을 찍어 먹었던 꽁보리 주먹밥의 그 달콤함이란 지금도 잊을 수 없이 생생하다. 그때의 경험은 배고픔의 고통이 얼마나 견디기 어려운지, 가난이 사람을 얼마나 비참하게 만드는지 너무나 잘 알게 했다.

또 초등학교 때는 축구공 하나 가지고 온 동네 친구들과 놀았다. 골목 대장을 뽑아서 편싸움하기를 좋아해서 동네에서 알아주는 말썽꾸러기, 개구장이였다. 하도 말썽을 많이 일으켜서 호랑이 선생님께 한 시간쯤 계속해서 매를 맞았던 적도 있었다. 그때 어찌나 고집이 세었던지, 잘못했다고 빌지 않고 끝내 고집을 피워서 더 많이 야단을 맞기도 했다.

중동고등학교 다닐 때는 싸움 잘하는 친구들 틈에 끼어서 괜히 어깨에 힘주며 종로거리를 활보하기도 했다. 군대에 가서는 김신조간첩 침투사건 당시, 화천 지역 5분 대기조 소대장으로 위험한 순간을 많이 넘겼다. 또 북한군과 마주보고 있는 철책선의 소대장을 하면서 매일 생과 사를 넘나드는 경험을 하기도 했다. 이러한 경험들이 지금의 아주 끈질기고 잡초같은 나의 성격 형성에 많은 영향을 미쳤다. 옛날 속담에 '경험이 지혜를 가르친다' 라는 말이 있고, 또 프랑스 속담에는 '나귀가 같은 돌에 걸려 두 번 넘어지지 않는다' 는 말도 있다고 한다. 이는 그만큼 경험이 인생에 있어서 중요하다는 얘기다.

다시 말해 아무리 많은 사람이 꿀의 달콤함을 장황하게, 그리고 자세히 설명을 한다고 해도 그것을 먹어보지 못한 사람은 결코 그 참맛을 알 수가 없다. 결국 경험만큼 우리에게 훌륭한 스승은 없다. 경험은 엄청난 대가를 요구하는 스승이지만 그것이 가져다 주는 교육의 효과는 그 어떤 것보다 값지고 유익하다. 영국 속담에서는 '잔잔한 바다가 결코 노련한 해군을 만들지 못한다' 고 했다. 즉 거친 파도와 같은 삶의 역경을 경험해 봐야만 그만큼 성숙할 수 있다는 얘기다. 역경은 진리로 가는 지름길이 아닌가.

어린 시절부터 지금까지 많은 역경과 고난의 경험들은 내 성격을 외골수 고집불통으로 만들었다. 그래서 나는 웬만한 일에는 타협을 모른다. 무슨 일이든 불도저와 같은 추진력으로 밀어붙이고 본다. 이런 성격 탓에 손해를 보았던 적도 있었지만 그것이 내가 지금의 성공을 이루는데 큰 힘이 됐다. 때문에 나는 자식들도 그렇게 가르치려고 애쓴다.

지금 Y대학원에 다니고 있는 우리집 큰아들도 어린 시절 마음고생이 좀 심했다. 요즘 한창 문제가 되고 있는 왕따를 당했던 것이었다. 목동에 살다가 강남으로 이사를 가게 되어서 전학을 갔는데 그곳 아이들이 텃세를 부리며 우리집 큰아들을 따돌렸던 모양이다. 그런데도 우리 아들이 말을 고분고분하게 듣지 않으니까 어느날은 그 학교 '캡장' 이라는 아이와 한판 붙게 됐다. 그 아이는 싸움 잘하기로 그 학교 일등이니 우리 아이가 상대가 될 턱이 없었다. 그 아이가 열 대쯤 때릴 때 우리 아이는 겨우 한 대 때릴 정도로 우리 아이의 완전한 열세였다. 그런데도 우리 아이는 항복하지 않고 끈질기게 악착같이 덤벼들었다. 나중에는 '캡장' 이 지치고 우리 아이한테 질려서 손을 들고 말았던 모양이다. 그 다음날부터 다시는 우리 아이를 귀찮게 하지 않았다고 한다. 이렇게 우리 아이도 나를 닮아 무모하리 만큼 고집이 세다.

　아무런 이유없이 무조건 자신의 주장이 옳다고 고집을 피우는 건 바람직하지 않다. 남의 말은 무조건 틀리고 자기만 옳다고 내세우는 이기적인 고집은 인생을 살아가는데 절대 도움이 되지 않는다. 하지만 정당하고 올바른 일에 대한 소신있는 고집은 불도저와 같은 추진력으로 끝내 성공을 이끌어 내고마는 원동력이 될 것이다.

꿈은 구체적인 작은 실천으로 이뤄진다

　마음 속에 원대한 꿈을 갖게 됐다면 그것을 되도록 많은 사람에게 알리라고 충고하고 싶다. 왜냐하면 일단 우리가 다른 사람에게 우리의 꿈을 이야기 하게 되면 우리에게는 그 꿈을 반드시 이뤄야할 일종의 책임감이 생겨나게 되기 때문이다. 이 책임감은 어렵고 힘든 여건에도 꿈을 포기할 수 없게 하고 끝까지 그것을 이룰 수 있도록 에너지를 제공하게 될 것이다.

　마음 속에만 꿈을 담아둔다면 그 꿈은 '언젠가' 라는 꼬리표를 달고 있는 막연한 것으로 끝나버리지만 마음 속의 꿈을 현실로 끄집어 내는 간단한 행동으로 그 꿈은 구체적인 형태를 갖게 된다. 꿈이 이처럼 구체화 되면 우리는 꿈의 실현을 위해 가치있는 충고를 아끼지 않을 좋은 조력자를 만날 수 있게 될 것이다. 동시에 구체화 된 꿈에 대해 도전 욕구를 갖게 된 경쟁자도 만날 수 있게 된다.

　혹자는 경쟁자를 피하기 위해 우리의 꿈을 최대한 보안 유지해야 한다고 주장할 수도 있다. 하지만 그 경쟁자로 인해 그 꿈은 더욱 가치 있어지고, 우리가 온갖 역경을 물리치고 도전해서 반드시 이뤄내야 할 이유를 갖게 된다. 그만큼 꿈을 실현하는 길이 가까워지는 것이다. 하지만 우리의 꿈은 하루 아침에 순식간에 이뤄지는 것이 아니다. 꿈의 실현은 구체적인 작은 실천으로 시작된다. 하루에 한 가지씩 실천을 더 한다면 성공으로 다가가는 우리에게는 가속도가 붙게 된다. 즉 하나의 실천을 더하면 결과는 제곱으로 나타난다는 얘기다. 그러나 그 가속도를 계속해서 유지하려면 페달밟기를 게을리 해서는 안 된다. 페달을 밟는 일이 작은 일이라고 안일하게 생각한다면 자전거는 제자리에 멈춰서게 되고 만다.

중요한 것은 일상의 작은 일이라도 꾸준히 계속하는 것이다. 인간은 습관의 동물이다. 꾸준한 실천 습관을 기르는 것은 근력을 기르는 것과 비슷하다. 이를 위해서는 매일 매일 피나는 연습이 있어야 한다. 이 힘겨운 연습은 압박감과 스트레스로 사람들을 짓누르게 된다. 그러면 사람들은 종종 오랜 시간 연습의 고통을 피하고 싶어 한다. 지름길을 택하고 싶은 유혹을 느끼게 된다. 그래서 손쉬운 길을 찾으려 얕은 꾀를 쓰기도 한다. 하지만 쉬운 길을 찾는 사람은 방향도 없이 터널을 뚫는 사람과 같다. 그 터널은 곧 무너져 그 사람을 매몰시킬 것이다.

때문에 고대 그리스의 철학자 에픽테투스는 '무화과 열매가 하루 아침에 열리지 않듯이, 위대한 것은 한 순간에 창조되지 않는다. 무화과 열매를 원한다면 먼저 꽃이 피기를 기다려라. 그리고 열매를 맺고 충분히 익을 때까지 참고 기다려야 한다'고 말했다.

아무리 원대하고 구체화 된 꿈이 있다하더라도 그것을 현실화 하기 위해서는 실천에 옮기는 활동력이 없다면 그 꿈은 무용지물이나 마찬가지다. 꿈의 실현에 실패한 사람들은 대부분 작은 일을 실천에 옮기는 활동이 부족했던 사람들이다. 결국 꿈을 실현하기 위해 반드시 해야 할 일상의 작은 일들을 게을리 하지 않고 실천에 옮긴다면 상상 외로 큰 열매를 거둘 수 있게 될 것이다.

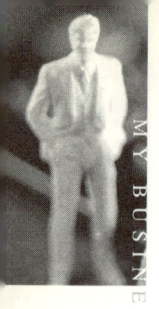

남에게 관대하고 나에겐 엄격하게

성공을 향해 멈추지 않고 발전할 수 있는 한 가지 방법은 자기 자신을 향한 초점을 다른 사람에게로 돌리는 것이다. 오로지 자기 자신과 자신의 성공에만 사로잡혀 있는 사람은 그만큼 객관적인 판단력을 갖기 어렵다.

그동안 나 자신이 직접 영업을 하면서, 또 영업사원들을 관리하면서 실적이 저조한 영업사원의 공통점 하나를 발견했다. 그것은 그들이 오직 자신의 목표만 염두에 둔다는 사실이다. 그들은 물건을 파는 것 외에는 관심이 없다. 자신의 할당량 채우기에 급급할 뿐 누가, 왜 상품을 구입하는지에 관해서는 알려고도 하지 않는다. 이런 종류의 사람들은 처음 한동안은 할당량도 채우고, 실적을 그런 대로 유지하는 것처럼 보인다. 하지만 그것을 끝까지 유지하는 데에는 항상 실패한다.

반면에 성공하는 영업사원들은 고객의 욕구에 초점을 맞춘다. 그들은 상대방의 욕구와 필요를 충족시킬 방법을 찾는데 고심한다. 이런 노력들이 고객과 영업사원 간의 인간적 유대관계를 형성케 한다. 때문에 처음에는 실적이 그리 좋지 않지만 장기적으로는 성공을 이뤄낼 수 있게 된다.

이처럼 상대방에게 초점을 맞추는 영업 태도는 남에게는 관대하고, 자신에게는 엄격한 삶의 태도를 갖는 것과 무관치 않다. 하지만 이와 반대로 인간의 속성은 자기 자신에게는 관대하고, 남에게 엄격하기 쉽다. 그래서 '내가 불륜을 저지르면 로맨스고, 남이 하면 스캔들' 이라는 우스개 소리도 있지 않은가. 이는 그만큼 인간이 자기 중심적이란 얘기다. 자신이 잘못했거나 실수했을 때는 슬그머니 넘어가고 아랫 사람이 잘못했을 때는 그것을 끝까지 책임 추궁한다면 누가 그런 상사를 믿고 최선을 다해 일하겠는가. 인간 관계를 유지함에 있어서 중요한 원칙은 바로 남에게는 관대하고, 자신에게는 엄격해야 한다. 그래야 발전이 있을 수 있는 것이다.

하지만 이번에 글을 쓰면서 실패담보다는 성공담에 치중을 하다 보니까 지나치게 내 자랑만 늘어놓은 것이 아닌가 우려가 남는다. 행여나 남에게는 엄격하고 나 자신에게는 관대한 우를 범한 것은 아닌지 낯이 뜨거워진다. 나 자신이 완벽하게 점잖은 사람으로 묘사됐다면 그것은 잘못이다. 나도 인간이기 때문에 젊은 시절 실수도 많이 했다. 치마만 둘러도 여자가 예뻐 보였던 시절도 있었고 접대한다고 밤새 술을 마시고도박판에 끼어든 적도 있었다. 하지만 나는 실수한 그 자리에 머물러 있지 않았다. 그것들을 딛고 일어나 조금씩 조금씩 목표를 향해 전진하여 왔다. 아무쪼록 내가 실수를 딛고, 여러 역경을 헤쳐 나오면서 느꼈던 것들이 새로 인생을 시작하는 사람들에게 도움이 됐으면 하는 바람이다.

우리 유나이티드제약의 최종 목표는 거목과 같은 회사를 만드는 것이다. 내개는 우리 회사 전사원이 둥우리를 틀어 행복한 보금자리를 만들고, 그늘과 열매의 혜택을 모든 이들이 누릴 수 있도록 만들어 가는 꿈이 있다.

마지막 최종 목표에 성공의 깃발을 꽂기 위해서는 작은 노력을 꾸준히 쌓아가야 한다. 작은 실천을 성실히 수행할 때 큰 목표를 이룰 수 있다. 조심스럽게 한 걸음씩 전진하다 보면 어느새 성공 앞에 우리 모두가 서 있을 것이다.

2부 나의 인생 이야기

일을 사랑하지 않으면 떠나라

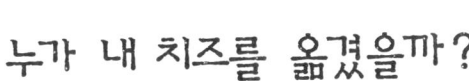

누가 내 치즈를 옮겼을까?

　며칠 전 일요일에 서점에 들러 책을 몇 권 샀다. 그 중에서 세계적인 베스트셀러로 손꼽히고 있는 '누가 내 치즈를 옮겼을 까?' 라는 책을 읽었다. 두 마리의 생쥐와 두 꼬마인간이 치즈 창고에 들어가 치즈를 먹으면서 벌어지는 일을 내용으로 하는 일종의 우화였다.

　치즈 창고에서 두 마리 생쥐와 꼬마인간 2명은 치즈를 먹으 며 아무런 걱정 근심 없이 행복한 나날을 보내고 있었다. 그러 던 어느 날 치즈가 조금씩 줄어들고 있는 것을 염려하던 생쥐 두 마리는 새 치즈를 찾아서 길을 떠났다. 하지만 꼬마인간들은 '그럴 리가 없어. 치즈가 이렇게 많은데 그것이 모두 없어진다 는 건 말도 안 돼. 우리 치즈는 절대로 없어지지 않아' 라고 안 일하게 생각하면서 계속 창고에 미련을 가진 채 남아 있었다. 그러던 어느 날 드디어 창고에 있던 치즈가 모두 떨어지게 되자 꼬마인간은 '누가 내 치즈를 옮겼을까?' 하며 크게 좌절하고 절 망하게 됐다고 한다.

　이 이야기는 환경의 빠른 변화에 대해서 그 대응책을 마련하지 못한 미련하고 어리석은 인간들의 모습을 적나라하게 그려내고 있다. 즉 세상은 순간순간 매우 급격히 변화를 거듭하는데, 그 변화에 적절하게 대응하지 못하는 사람들은 바로 낙오자요 실패자가 될 수밖에 없음을 보여주는 것이 이 책의 교훈이다.

우리가 살아가고 있는 21세기 사회는 현재 엄청난 속도로 변화하고 있다. 불과 3, 4년 전만 해도 대기업들은 소위 철밥통이라고 불렸다. 왜냐면 대기업에 한번 입사를 하게 되면 정년 퇴직할 때까지 거기서 먹고 살 길이 보장됐던 것이다. 다시 말해 '철밥통'이란 철로 만들어진 밥통처럼 대기업이 든든했다는 얘기다.

그런데 이게 웬일인가. 최근 들어 그처럼 든든했던 대기업들이 하나 둘 망해가고 있다. 난공불락이라고 불렸던 대우, 과자업계 1순위로 꼽혔던 해태, 우리 술의 대표격이었던 진로, 리비아 대수로 공사로 세계적인 신임을 얻게 됐던 동아건설과 쌍용건설, 그리고 가장 안정적이라고 여겨졌던 은행까지 모두 부도를 내고 도산했거나 아니면 법정관리에 들어가 있는 상태다. 한국의 눈부신 경제발전이 낳은 신화로 여겨졌던 대우가 지금처럼 공중분해되리라고 누가 상상이나 했겠는가.

얼마 전까지만 해도 우리나라 유수의 대기업에 다닌다는 것만으로 든든한 신용을 얻을 수 있던 수많은 직원들이 졸지에 실업자 신세로 전락해 길거리로 내몰렸다. 이렇게 되고 보니 과거에는 일단 한번 회사에 입사하게 되면 근무 연수에 따라 저절로 승진하게 되고, 월급까지 차곡차곡 오르고 그 생활에 안주하며 그것으로 행복을 영위해 왔던 사람들까지 점차 위기 의식을 느끼기 시작했다. 왜냐면 회사가 망하지 않았더라도 기업이 구조조정을 하지 않으면 도저히 살아남을 수 없을 만큼 우리 경제가 위험한 국면에 접어든 것이다. 이들은 집단적인 힘을 모으는 노동조합 활동을 통해 연일 구조조정을 반대하는 집회와 시위를 계속하고 있다.

하지만 이렇게 한다고 해서 이미 변화하기 시작한 우리네 직장 환경이 과거의 호시절로 돌아갈 리 만무한 일이다. 이는 창고 속에 쌓여 있던 치즈를 야금야금 먹으면서도 미래를 대비하지 않았던 꼬마인간들이 '누가 내 치즈를 옮겼느냐'고 좌절하며 어리석게도 때늦은 후회를 했던 것과 다를 게 없다.

이제 더 이상 전통적인 의미의 평생 직장은 우리에게 존재하지 않는다. 일상화 된 구조조정은 대량 실업을 불가피하게 만들었다. 이런 위기 의식을 느끼지 못한 채 과거의 영화에만 머물러 있다면 끝내는 추운 거리로 내몰릴 수밖에 없다.

21세기에는 변화에 발빠르게 대처하는 자기 혁명이 필요하다. 이미 무너져 버린 과거에 대한 집착을 과감히 버리고 변화된 미래 환경에 적극적으로 적응해 나가는 피나는 노력이 있어야 할 것이다. 그래야 우리가 급변하는 21세기에 살아남을 수 있다.

변화하지 않으면 망한다

얼마 전에 중국을 다녀왔다. 우리는 아직까지 중국을 미꾸라지나 참깨와 같은 농수산물만 수출하는 나라로 알고 있다. 하지만 현실은 절대 그렇지 않다. 실제로 중국에 가보면 엄청난 변화가 몰려오고 있음을 목격할 수 있다. 지금 미국이나 일본은 엄청난 잠재력을 보유하고 있는 중국을 두려운 존재로 보고 있다. 즉 조만간 중국에게 경제 대국의 자리를 내주게 될지도 모른다는 염려를 하고 있다.

사실 과거에는 중국에서 생산한 제품들 중에 엉터리가 매우 많았다. 하지만 지금은 그렇지 않다. 수준 높은 제품들도 꽤 많다. 얼마 전, 우리는 중국에서 600만 원을 주고 공장 기계를 구입했다. 똑같은 제품을 국산으로 구입하려면 3000만 원 이상은 줘야 한다. 5배나 비싼 가격이다. 그런데 중국산 기계는 스테인리스로 만들어졌기 때문에 오히려 질적인 면에서 더 낮고 가격도 국산에 비하면 훨씬 저렴하다는 평가를 듣고 있다.

또 우리는 얼마 전에 건물을 짓기 위해 돌과 대리석을 국내 가격의 20%만 주고 중국에서 들여왔다. 이처럼 제품의 품질면에서는 별 차이가 없고, 가격면에서는 월등히 차이가 나니까 기업의 이익을 우선으로 생각하는 경영자 입장에서는 중국 제품을 수입할 수밖에 없다.

사람도 마찬가지다. 중국에서는 대학 졸업한 유능한 인재를 단돈 100불, 우리 돈으로 10만 원이면 얼마든지 고용할 수 있다. 이래서 최근 들어 우리나라 기업들의 중국 진출이 한층 활발해지고 있다. 벌써 중국 현지에는 우리나라 공장이 300여 개나 건설됐다. 일부 기업에서는 손해를 보면서까지 중국 진출을 계속해서 시도하고 있다. 그만큼 중국은 인건비는 물론 모든 물가가 우리나라보다 상대적으로 싸기 때문에 조금만 투자해도 큰 수익을 올릴 수 있다.

그런데 최근 우리나라는 은행 금리가 떨어져서 시중에 돈이 남아돌아도 한국에서는 시설투자를 하지 않는다. 왜냐하면 한국은 워낙 인건비가 비싸서 새로이 시설투자를 한 만큼 이윤을 남기기가 어렵다고 판단했기 때문이다. 따라서 인건비와 물가가 상대적으로 저렴한 중국이나 베트남으로 진출하는 기업들이 속속 늘어나고 있다.

이처럼 국내 투자는 줄어들고, 해외 투자만 증가하다 보니 우리나라는 점점 일자리가 줄어들어 실업자가 이미 1백만 명이 넘었다. 근로시간을 단축해서 일자리를 늘리자는 주장도 대두되고 있지만 그것은 이미 경쟁력이 없다. 더군다나 극성스러운 노조 때문에 국내에서 새로운 투자는 더욱 승산이 없다.

모두들 해외로 해외로 진출하다 보면 나중에는 한국은 텅텅

비고 말 것이다. 이미 공동화 현상이 나타나기 시작했다. 고용자 중에 40%가 정규직이고, 나머지는 모두 비정규직이라는 사실이 그것을 여실히 보여준다고 하겠다. 이러한 시대적 흐름을 미리 예견하지 못한다면 우리 기업은 살아남지 못한다. 변화에 눈을 뜨지 않으면 우리 기업은 분명 망하게 될 것이다.

우리 사회 전체를 뒤흔들었던 의약분업 사태도 변화의 큰 흐름이다. 여지껏 제약업계에 있어서 의약분업만큼 엄청난 변화는 없었다. 따라서 의약분업에 제대로 적응하지 못하는 제약회사는 망할 수밖에 없다. 이에 우리 회사도 살아남기 위해 변화를 시작했다.

그런데 문제는 회사는 살아남을 방법을 찾기 위해 변화를 거듭하고 있는데도 개인은 전혀 변화의 기미가 없다는 것이다. '옛날이나 지금이나 다를 게 뭐 있겠는가' 하는 안일한 생각에 젖어 있는 사람이 아직도 많다. 과거에는 주어진 목표량을 달성하지 못해도 시간이 지나면 월급이 꼬박꼬박 나왔고, 능력이 없어도 연륜이 쌓이면 자연히 승진할 수 있었다. 하지만 지금은 사정이 그때와 판이하게 다르다. 이제는 능력 없이 대충대충 해서는 살아남을 수 없다. 과거의 구태의연한 방법에 연연해서 변화된 환경에 적응하지 못하면 낙오자가 될 것이 분명하다.

기업 환경 변화의 가장 대표적인 예는 연봉제 실시라 할 수 있다. 연봉제란 실적 위주로 개인의 능력을 객관적으로 판단하여 1년 동안 받을 월급을 결정하는 것이다. 즉 아무리 유능한 사람이라 할지라도 실적이 없으면 월급을 하향 조정하고, 조건

상으로는 무능한 사람이라 해도 실적이 높으면 월급을 상향 조정한다. 다시 말해 일 잘하는 사원에게는 월급을 더 주고, 그렇지 못한 사람에게는 월급을 깎는다는 얘기다. 사장과 친인척 관계거나 아니면 친분이 있다고 해서 실적이 뒷받침되지 않는 사람에게 좋은 평가를 해주지 않는다. 이는 공평성에 어긋난 일아니겠는가.

결국 이러한 능력위주의 시스템은 점점 더 강화되어 회사에는 꼭 필요한 사람만이 남게 될 것이다. 21세기 기업에서는 과거처럼 낙하산 인사나 문어발식 경영은 결코 용납되지 않는다. 철저한 약육강식의 생존경쟁이라 인간적인 맛은 없지만 우리 모두가 살아남기 위해서는 어쩔 수 없는 변화가 아닐 수 없다.

이런 변화에 적응하기 위해서는 두 가지 조건을 갖춰야 한다고 생각한다. 첫째, 변화하는 사회에서 변화를 통해 살아남을 수 있는 회사를 만들어야 한다. 둘째, 변화한 회사 안에서 변화를 통해 살아남을 수 있는 개인이 되어야 한다. 개인이 아무리 변화에 성공한다 하더라도 변화하지 않는 회사에 속해 있다면 망할 수밖에 없고, 회사가 아무리 변화를 시도해도 개인이 그 변화에 호응하지 못하면 성공할 수 없다. 결국 회사와 개인이 변화에 보조를 맞추지 못한다면 둘 다 자멸할 수밖에 없다. 이것이 바로 '변화'하는 사회인 것이다.

이러한 시대적 흐름 속에서 우리 회사는 어떻게 변화했을까? 2001년 5월달까지 실적을 분석해 봤다. 작년에는 굉장히 열심히 일을 했었는데 결과는 적자였다. 삼사십억 원의 매출을 올렸는데도 매달 5억에서 10억씩 적자가 났었다.

그런데 올해는 작년과 매출액은 같은데 흑자가 났다. 그 이유가 무엇일까? 비싸게 팔았기 때문이다. 엉터리로 만들어서 싸게 팔기보다 제대로 만들어서 비싸게 팔자는 게 우리 회사 영업전략이었다. 제살 깎아먹기 식으로 가격경쟁을 해서 싸게 파는 영업사원에게는 절대 그렇게 하지 못하도록 호통을 쳤다.

또한 그 전에도 일은 열심히 했지만 관리부재로 인해 적자가 났었다. 하지만 올해 1월부터 영업부를 3본부로 나누어서 완전 조직 개편을 했다. 조직을 정비시키고 관리를 체계적으로 바꿔 나갔다. 변화를 통해 발전을 맛본 것이다. 변화가 바로 우리 회사 흑자의 비결이었다. 그 결과 계열사들도 흑자로 돌아섰다. 이런 식으로 계속된다면 우리 회사는 심각한 경기 불황 속에서도 살아남을 희망을 갖게 된다. 변화에 대해서 우리가 적극적으로 준비하고 대응한다면 회사는 분명 살아남을 수 있다. 뚜렷한 목표 의식을 갖고 변화에 대해 철저히 대비한다면 개인도 발전하고 회사도 함께 발전하게 될 것이다.

관리자를 위한 몇 가지 제언

관리자는 회사 발전에 도움이 될 수 있는 방향으로 부서를 이끌어 가야 한다. 즉 조직의 유익이 우선적으로 고려되어야 한다는 얘기다. 관리자 개인이 원한다고 해서 조직의 유익은 생각지도 않은 채 무조건 그 방향으로 부서를 이끌어 가는 건 참으로 위험한 발상이다. 관리자의 독선은 회사를 망치게 하는 중요 요소이다.

그렇다고 해서 관리자가 부서원들이 원하는 대로 무조건 따라가서도 안 된다. 회사에 대해 불평, 불만을 가지고 있는 부서원들의 비위나 맞추는 식으로 조직을 운영하는 것은 회사를 위해서나 부서원들을 위해서 결코 바람직하지 않다. 이는 회사의 발전을 저해할 뿐 아니라 이런 관리자 밑에 있는 부하 직원들역시 아무 것도 배울 것이 없기 때문이다.

관리자는 부서원들에게 욕을 먹고, 처음 시작에 어려움이 있을지라도 그것을 감수하고 부서원들을 철저히 교육해야 한다. 부하 직원들에게 마땅히 가르칠 것을 가르치지 않는 관리자는 관리자로서의 자질이 없는 사람이다.

또한 교육을 철저히 하는 것과 동시에 관리자는 부하 직원들에게 관심을 가져야 한다. 그들의 애로사항이 무엇인지, 그것에 귀 기울여서 회사 차원에서 그것이 원만하게 해결될 수 있도록 적극 나서야 한다.

그런데 관리자가 무조건 상명하달식으로 직원들이 해야 할 것만을 강요하다 보면 반발이 생기기 쉽다. 이렇게 회사에 대한 불만이 쌓이게 되면 부하 직원들은 조직에 적응하지 못하고 도태될 수밖에 없다. 결국 그들은 회사를 떠나게 된다. 그러면 조직에 구멍이 뚫리게 돼 회사에도 결코 유익하지 못한 결과를 초래하게 될 것이다. 그러므로 관리자는 경영자와 직원들의 생각을 이어주는 커뮤니케이션의 통로 역할을 해야 한다. 그렇지 않고 관리자가 위에서 지시한 내용이나 아래에서 건의한 것을 중간에서 차단하는 역할을 하게 된다면 회사는 동맥경화증에 걸릴 수밖에 없다.

동맥경화증이란 혈관 내에 노폐물이 쌓여서 혈액의 흐름이 방해를 받는 병으로 심각하면 생명에 지장을 줄 만큼 치명적인 병이다. 때문에 회사도 동맥경화증에 걸리면 상하 간의 원활한 의견 교환이 이뤄지지 않아 회사 발전을 저해할 뿐 아니라 잘못하면 회사가 망할 수도 있다. 동맥경화증을 유발시키는 관리자는 회사에 있어서 암적 존재일 수밖에 없다.

사람의 본성은 대개 비슷하다. 사람이라면 누구나 쉬고 싶고 놀고 싶고 자유롭기를 원한다. 그런 사람의 본성을 잘 이끌어내서 열심히 일할 수 있도록 만드는 것이 관리자의 가장 큰 책무다. 즉 부하 직원들을 어떻게 관리하느냐에 따라 관리자의 능력 활용도가 달라진다. 좀 더 포괄적으로 생각해 본다면 주어진 목표를 시간 내에 성취할 수 있도록 사람들의 의욕을 불러일으키는 것이 관리자의 몫이다. 이를 위해서는 관심과 애정이 무엇보다 중요하다. 다시 말해 관리자는 부하 직원에게 관심을 갖고 훈련시키며 다독거려서 그들이 열심히 일할 수 있도록 독려해야 한다. 다시말해 채찍과 당근을 지혜롭게 사용할 줄 아는 관리자가 진정 훌륭한 관리자라 할 수 있다.

최근 가장 많이 거론되고 있는 화두가 '리더십' 이다. 나는 관리자에게 리더십이 절대적으로 필요하다고 본다. '리더십'은 사람들을 따르게 하는 능력이다. 리더십은 요구되는 것을 사람들이 하게 만드는 것 이상이다. 훌륭한 리더는 사람들이 원해서 요구되는 것을 하도록 동기부여를 한다. 리더는 명확한 비전, 즉 방향 제시를 해야 한다. 그로 인해 사람들은 어디로, 왜 가는지 알아야 한다. 따라서 리더 자신이 가지고 있는 비전과 열정을 명확하게 따르는 사람들에게 전달해야 한다. 비전의 논리와 열정을 통해 추종자들이 비전을 그들 자신의 것으로 받아들이도록 동기부여를 해야 한다. 이러한 리더십이 있어야 관리자는 부하 직원들을 통솔하고 이끌어 나갈 수 있다. 리더십은 훌륭한 관리자가 되기 위해서는 반드시 갖춰야 할 자질이요 덕목이다.

그런데 많은 사람들이 리더로서의 역할을 꿈꾸면서도 종종 '불가능' 한 것으로 포기할 때가 있다. 이는 리더십이 타고나는 것이라고 생각하는 데서 출발한다. 하지만 리더십은 배워지는 행위이다. 태어날 때부터 리더의 능력을 가진 사람은 거의 없다. 나는 카리스마조차도 습득될 수 있다고 본다. 그러므로 솔선하여 모범을 보이는 자세와 그것을 이루고자 하는 욕구만 있다면 누구나 리더가 될 수 있다. 리더십을 가진 훌륭한 관리자가 되기 위해서는 솔선과 욕구라는 필수 요소를 몸에 익숙하도록 하는 훈련이 필요하다.

바람직한 직원을 위한 제언

　바람직한 직원은 자신의 업무가 모두 끝났더라도 그 일을 끝까지 책임질 줄 아는 직원이다. 즉 자신의 업무를 모두 끝내고 다른 부서로 그 일을 넘겼다 할지라도 그 일에 문제가 생겼다면 현재의 책임소재를 따지기에 앞서 그 일의 해결을 위해 팔을 걷어붙이고 나설 줄 아는 직원이 바람직하다는 얘기다.

　더군다나 부서 간의 책임소재를 따지면서 빨리 처리해야 할 일을 멈춰두는 것은 더욱 바람직하지 않다. 이는 일을 멈춘 상태에서 보고나 상황설명이 제때 이뤄지지 않아 그 일을 영영 그르치는 경우가 종종 있어서 그렇다. 따라서 부서 간의 긴밀한 협조 체제는 기업의 발전에 무엇보다 중요하다.

　어떤 일이 성공했을 때는 서로 자신의 부서에서 그 일을 했다고 나서면서도 실패의 책임을 물을 때는 다른 부서에게 그것을 떠넘기기에 급급하다면 기업은 발전할 수 없다. 다시금 지적하지만 일의 공과를 따지기에 앞서서 그 일을 끝까지 마무리할 줄 아는 사람이 바로 바람직한 직원이다.

　그런데 소금에는 짠맛이 있어야 한다. 짠맛이 없는 소금은 무용지물로 길에 버려질 수밖에 없다. 길에 버려져도 길가의 돌멩이나 흙보다도 더 특색 없고 가치 없는 존재일 뿐이다. 따라서 회사 내 조직에도 각 부서가 제각기 고유의 맛을 제대로 내야 한다. 즉 이는 각 부서의 고유기능을 강조하기 위한 비유다.

다시 말해 각 부서는 확실하고 독특한 고유적 기능을 갖고 발전해 나가야 한다는 얘기다. 왜냐면 각 부서들이 고유적 기능을 상실한다면 업무 분담에 있어서 굉장한 혼란이 야기될 수 있지 않겠는가. 이와 더불어 각 부서가 자신들만의 고유 색채를 유지하므로 인해 부서 간의 견제역할도 가능해진다.

예를 들어 영업부와 영업관리부가 그들 부서 간의 고유 영역을 갖고, 주어진 원칙대로 서로 견제하면서 업무를 추진하게 된다면 일은 저절로 성사될 것이다. 한편으로 각 부서 간에는 잘잘못을 떠넘기는 식이 아니라 제대로 된 견제가 이루어져야 한다. 공장의 생산부와 품질관리부가 서로 간의 견제 역할을 충실히 해야만 불량품 생산이 줄어들게 된다. 즉 이 두 부서가 자신들의 고유 영역을 망각하고, 서로의 잘못을 덮어주려고만 한다면 불량품 생산율은 계속해서 증가될 뿐이다.

요컨대, 각 부서 업무의 원칙에 충실한 행동이 타 부서와의 충돌을 가져온다 해도 그 충돌은 바람직하다고 본다. 개인이든 부서든 자기 고유의 색깔을 잃어버리게 되면 조직에서는 불필요한 존재가 되고 만다. 자신만의 고유 색을 지켜나가야 조직에 공헌할 수 있는 것이다.

경제이론 중에 '악화가 양화를 구축한다'는 얘기가 있다. 이는 직원 중 한 사람이 지각을 하거나 한 사람이 실적이 나쁠 경우 그것이 전체에 보이지 않는 나쁜 영향을 주는 것과 일맥상통한다. 한 마리의 미꾸라지가 미움을 받는 이유는 도랑물을 더럽혔기 때문이 아니라 진흙을 파헤쳤기 때문이다. 조직의 근본적인 기강을 파헤치고 와해시키는 미꾸라지는 회사 발전에 치명적인 위협이 아닐 수 없다. 바람직한 직원이라면 자신이 빵에 들어 있는 누룩, 즉 양화를 구축하는 악화와 같은 존재가 아닌지 항상 돌아보고 작은 것부터 성실하게 임해야 할 것이다.

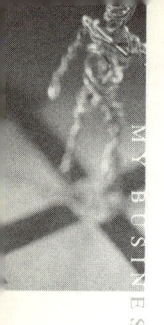

미래의 힘은 지력에서 나온다

토플러의 말을 빌리자면 지금 우리는 제3의 물결을 타고 있다. 농경사회, 산업사회의 파고를 넘어서 정보사회 물결을 타고 있다. 정보사회는 약 20여 년 전에 시작됐는데, 그 속도가 가공하리만큼 빠르게 밀려오고 있다. 그만큼 시장의 변화가 빠르고, 기술이 엄청난 속도로 발전할 뿐 아니라 경쟁자들이 급증하고 있다는 얘기다. 신제품이 하룻밤 사이에 퇴물이 될 만큼 급변하는 상황에서 성공적인 기업이 되기 위해서는 새로운 지식을 끊임없이 창조하고 파급시켜 나가야 한다.

'미래의 힘은 지력(知力)에서 나온다.'

즉 21세기에는 지적 창조력이 진정한 기업의 경쟁력이 될 것이다. 왜냐면 불확실성만이 확실한 것으로 인정되는 경제 체제에서 경쟁 우위를 지속하는 가장 중요한 원천이 지식이기 때문이다.

이에 따라 우리나라 기업들 사이에 배움의 열풍이 불고 있다. 많은 기업들이 새로운 지식과 기술을 습득하기 위해 노력하고 있다. 성공한 기업들의 공통점을 찾아보면 대부분 새로운 지식의 창출을 조직적으로 관리하고, 이를 회사 전체에 파급시켜 활용하도록 함으로써 성과의 제고를 도모했다는 것이다.

　새로운 지식은 항상 개인으로부터 시작된다. 뛰어난 연구자는 새로운 기술을 개발하고, 시장의 변화를 직감하는 중간 관리자의 감각은 중요한 신제품 개발에 촉매 역할을 하게 된다. 또 현장 작업자는 다년간의 경험으로부터 새로이 공정을 혁신시킬 아이디어를 갖게 된다. 이처럼 개개인이 가진 지식을 어떻게 기업 전체에 반영될 수 있는 가치로 바꾸어 가느냐 하는 것이 바로 기업 성공의 관건이다.

　즉 좋은 인재를 활용할 수 있는 자질을 기업이 갖춰야 한다는 얘기다. 여기에 중요한 역할을 감당하는 것이 바로 중간 관리자다. 왜냐면 중간 관리자는 전략적인 거시 정보와 현실감 있는 미시 정보 등 회사 내 크고 작은 정보를 통합할 수 있는 전략적인 위치에 있는 것이다. 중간 관리자부터 실력을 갖추고 있어야 아랫사람을 제대로 교육할 수 있다. 그리고 야단칠 부분은 엄하게 야단을 치고, 질타할 부분은 모질게 할 수도 있어야 한다. '마땅히 가르칠 부분'을 가르쳐 주어야 한다. 이런 혹독한 교육을 이겨내지 못하고 뛰쳐나가는 사람은 그만큼 회사에 버틸 자질이 없는 사람이다. 중간 관리자는 교육과 훈련을 이겨내지 못하는 직원들의 궤도 이탈을 두려워해서 확실한 교육을 포기하고 임시 방편적인 인기 전술로 직원을 붙잡아 두려 해서는 안 된다.

　혹독한 교육을 이겨내는 사원만이 회사의 진정한 일원이 될 수 있다. 그래야 업무적 능률도 향상되고, 그런 직원들이 하나 하나 모이게 되면서 회사는 더욱 발전하고 탄탄해질 수 있는 것이다. 또한 중간 관리자의 역할은 개인의 비전을 전체의 큰 비전으로 연결시키고, 전체의 큰 비전을 개인의 비전으로 만드는 데 반영되도록 하는 것이다. 이를 위해서는 중간 관리자부터 자신의 비전 실현을 위해 구체적인 노력을 해야 한다. 왜냐면 이는 결국 개인의 비전 성취를 위한 노력이 전체의 성공에 크게 기여하게 되고, 전체의 성공이 바로 개인의 비전 성취로 직결되기 때문이다.

중간 관리자들이 스스로의 비전을 실현하고 조직 내의 집중적인 커뮤니케이션과 철저한 논의를 통해 보다 구체적인 지식을 창조하고자 노력할 때 회사가 전체적인 활력을 얻게 될 것이다.

매일 하나의 기원으로 하루를 시작하자

매일 아침 눈을 뜨면서 나는 하나의 기도문을 마음 속으로 되새기곤 한다.

'전능하사 만물을 주관하시는 주님, 저를 인도해 주십시오. 당신께서 제게 허락하신 일을 할 수 있는 지혜와 힘을 주십시오. 날마다 처음과 같은 열정으로 새로운 최선을 만들어 갈 수 있도록 도와 주십시오. 저의 열정으로 다른 사람들도 감동되게 하시고, 그로 인해 더 나은 삶을 개척하게 하소서.'

이렇게 매일 하나의 기원으로 아침을 시작하면 하루 하루가 새롭고 매우 중요하게 느껴진다. 그저 해치워야 할 지루한 일상으로 느껴지던 하루의 일과가 열정을 가지고 열심히 살아야 할 이유를 갖게 되는 것이다.

중요한 것은 우리가 매일매일 다시 돌아오지 않는 마지막 날을 살고 있다는 사실이다. 오늘은 우리에게 주어진 새로운 날이다. 영원히 되돌아오지 않을 것이다. 이런 각오로 하루를 시작한다면 열심히 살지 않을 수 없게 된다.

하지만 이와 같은 기원 없이 시작되는 매일매일은 바쁘게 흘러갈 뿐이다. 긴 세월이 흐른 뒤에 되돌아보면 아무 것도 이룬 것 없이 그저 나이만 먹었다는 것을 깨닫게 될 것이다. 그래서 나는 회사 직원들에게 아침에 일어나서 눈을 뜨자마자 기원할 수 있는 기도문을 하나씩 만들어 보라고 권한다. 이런 짤막한 기도문이 평범한 사람을 비범한 사람으로 바꿔 놓을 수 있다는 믿음에서이다.

또 나는 과거의 내 위치, 현재의 위치와 함께 희망하는 미래의 위치를 적어 항상 잘 보이는 곳에 붙여 놓는다. 그것을 자꾸 쳐다보고 상기하게 되면 그것으로 나의 행동이 구체화된다. 미래의 내 위치에 목표가 고정되게 되면 그것을 중심으로 나는 항상 궤도를 유지하게 되고, 절대 거기서 벗어나지 않는다.

이렇게 구체적으로 나의 미래를 꿈꾸게 되면 그것이 연상훈련으로 작용된다. 연상훈련의 놀라운 힘은 그 미래를 반드시 현실로 바꾸어 놓게 된다. 혹 내가 꿈꾸었던 그 미래와 꼭 같지는 않을지라도 근접하게는 될 수 있을 것이다.

그런데 미래의 위치를 적어놓은 것 외에도 연상훈련에는 여러 가지가 있다. 그 중 하나가 바로 성공의 가상 시나리오를 마음 속으로 반복하는 방법이다. 예를 들면 내가 영업실적이 가장 좋아 전 사원 앞에서 상을 받는 자랑스런 장면을 시나리오로 구상해 보는 것이다. 수상 소감까지 구체적으로 생각해 두면 그 일은 가까운 미래에 반드시 현실화 될 것이고, 그때 나는 미리 준비된 수상소감으로 여유롭게 말할 수 있을 것이다.

이와 같은 성공의 가상 시나리오는 우리가 삶에서 마주치는 많은 장벽들을 무력하게 만든다. 우리 시나리오에는 삶의 장애물들이 전혀 없다. 지금 내가 마주하고 있는 장벽은 일종의 환상이나 마찬가지다. 그러므로 장벽의 환상을 깨고 연상훈련으로 꿈꾸었던 미래를 이루어 가는 일은 무척이나 쉬운 일이 될 것이다.

내가 회사의 주인이다

능력이 뛰어나고 주인의식이 부족한 사원과 능력은 그리 우수하지 않으나 주인의식이 투철한 사원이 있다고 한번 가정해 보자. 경영자의 입장에서는 누가 더 쓸모가 있을까?

먼저 능력은 뛰어나지만 주인의식이 없는 사원은 일회용일 뿐이다. 일단 그 능력을 활용한 후에는 그 사원이 쓸모 없어지기 때문이다. 반면 능력은 다소 뒤떨어지지만 주인의식을 갖고 열심히 근무하는 사원은 오래도록 함께 할 생각으로 아끼며 그 능력을 키우기 위해 더욱 노력하게 된다.

사회생활을 하는데 있어서 주인의식은 무엇보다 중요하다. 주인의식이란 유교 사상으로 본다면 충(忠)이라는 개념으로 풀이할 수 있다고 본다. '忠'이란 특정한 인간이나 집단, 또는 신념에 자기를 바치고 지조를 굽히지 않는 일을 말한다. 원래는 중세 봉건사회에서의 신하가 군주제후에 대하여 갖는 충성과 의무를 뜻하는 것이었다. 그러나 현대에 이르러서는 그 대상이 시민사회, 국가, 계급, 여러 사회 집단 등으로 세분화됨과 동시에 그 개념이 많이 약화되었다.

하지만 한국 사회에서 '忠' 사상은 독특한 마인드로 남아있다. 외국 사고방식으로는 도저히 납득하기 어려운 '忠' 사상은 우리 사회 전반에 뿌리깊게 자리잡고 있다. 사람들의 마음 속 깊이 그리고 정치, 문화, 사회, 경제 전반에 중요한 영향력을 미치고 있다. 특히 '忠' 사상은 우리나라 기업 발전에 긍정적으로 작용하여 왔다.

그런데 여기서 말하는 '주인의식' 이란 마음은 그렇지 않은데 겉으로만 그런 척 하는 것으로는 용납되지 않는다. 겉으로만 주인의식이 있는 척 꾸미는 것은 결국 아첨에 지나지 않는다. 이러한 거짓 주인의식은 언젠가 탄로가 나기 마련이다.

진심으로 회사를 자신의 것으로 생각하고 작은 물건 하나라도 내 물건처럼 아끼며 작은 이익이라도 그것을 위해 최선을 다하는 행동은 진정한 주인의식에서 비롯되는 것이다. 이러한 주인의식을 가진 사람은 언제 어디서나 무한한 발전의 가능성을 갖고 있다고 할 수 있다.

이와 반대로 주인의식 없이 이삼십 년 동안 사회생활을 열심히 한 사람에게는 더 이상의 발전을 기대할 수 없다. 왜냐면 개인주의적인 생활은 사회성을 결여시키며 주인의식을 상실시키기 때문이다. 개인주의적 마인드는 결국 사람을 사회에서 도태시키고 만다. 주인의식은 사회 생활의 필수 요소일 뿐 아니라 가치 판단의 척도가 되는 것으로 매우 중요하다.

특히 남과 더불어 살아가는 조직 사회인 기업에서의 주인의식은 더욱 중요하다. 여기서의 주인의식은 자신을 주인으로 하는 것이 아니라 회사 조직을 주인으로 여겨 회사에 이익이 되는 일에는 한마음으로 뭉칠 수 있도록 한다. 주인의식은 회사 발전에 있어서 더없이 유익하다. 그러므로 경영자 입장에서는 주인의식을 가지고 일하는 사원을 더 우대할 수밖에 없다.

이것은 비단 기업 경영에만 국한되는 것은 아니다. 사회 전반에 걸쳐 주인의식이 필요하다. 지금의 우리는 윗사람에서부터 아랫사람에 이르기까지 철저한 '주인의식'으로 무장해야 할 때다. 우리 모두가 이 사회의 주인이라는 생각으로 종이 한 장, 쓰레기 봉투 하나라도 아껴야 한다. 또 이기주의를 버리고 공공의식을 가질 때 기업이 잘될 뿐 아니라 그로 인해 우리 모두가 잘 살게 되는 것이다.

굴러온 돌이 박힌 돌을 뺀다

　얼마 전 TV에서 이스라엘 물고기가 한국의 미꾸라지, 붕어 등 토종 어류를 마구 잡아먹는 광경이 방영되는 것을 본 적 있다. 또 다람쥐 천적을 수입했는데, 그것의 번식력이 너무 강해서 국내 토종 다람쥐들이 모두 멸종될 위기에 있다는 보도도 접했다. 거기다가 황소개구리는 국내 개구리뿐 아니라 물고기들까지 닥치는 대로 잡아 먹는 대단한 식성을 가지고 있는 바람에 사회적으로 큰 문제가 되기도 했다. 오죽하면 황소개구리 한 마리 포획에 현상금, 아니 포상금이 걸렸겠는가. 동물뿐 아니라 식물도 마찬가지다. 외국산 나무들의 번식력이 워낙 강해서 지금은 우리 소나무가 자랄 자리가 없는 지경이라고 한다.

　이처럼 지구촌 시대가 열리면서 각 나라마다 교역의 폭이 확대되고 있어 예전에는 생각지도 못했던 동식물의 수입까지 늘어나고 있다. 하지만 처음에는 여러 가지 장점이 있어 수입됐지만 나중에는 그것들이 토종들을 멸종시키는 등 생태계를 파괴하는 대단히 위험한 결과를 초래하고 말았다.

　이와 같은 약육강식의 생존 전략은 기업 경제에도 예외가 아니다. IMF 경제 위기를 거치면서 우리나라 경제 발전의 자랑거리였던 거리의 수많은 빌딩 대부분이 외국 사람들 손에 넘어갔다. 삼성전자나 현대자동차 등 대기업들도 외국인의 주식보유율이 50%가 넘어서고 있다. 땅 밑의 개구리부터 부동산 그리고 기업까지 우리의 밥줄이 모두 외국인 손에 넘어가고 있는 참으로 위험한 상황이다. 이제 한국에 남은 것이라곤 바글거리는 사람밖에 없을 것 같다.

우리는 얼마 전 유래 없는 가뭄으로 심각한 고통을 받았다. 농촌에서는 물이 모두 말라 논바닥이 쩍쩍 갈라져 애를 태우고 있는데, 다른 한쪽에서는 노동자들이 거리로 몰려나와 대란을 일으켰다. 요즘 노조 활동이 나날이 그 강도를 더하고 있어 기업 경영이 점점 더 힘들어지고 있다. 이대로 가다가는 웬만큼 견실한 기업들이 모두 해외로 나가게 될 것 같다. 조만간 우리 기업들이 모두 이 땅을 떠나고, 우리 땅은 외국인에게 모두 넘어가고, 사람들만 남게 된 이 땅은 온통 외국회사들로 채워지게 될지도 모를 일이다. 굴러온 돌이 박힌 돌을 빼내는 형국과 다를 게 없다.

제약회사의 경우만 보더라도 외국 합자회사가 56%나 성장했고 그 여파로 국내 제약회사들은 우르르 쓰러지고 있다. 엎친데 덮친 격으로 의사들은 오리지널 외제만을 고집한다.

나는 얼마 전 약사회장과 의사회장이 모인 회의에서 이런 이야기를 한 적 있다.

"국민의 건강을 책임져야 할 약사나 의사라는 분들이 지금

머리에 빨간띠나 두르고 자신들의 이익만 챙길 때입니까? 이래서야 국민들이 어떻게 의사들과 약사들을 믿고, 아픈 몸을 맡길 수 있겠습니까? 그리고 왜 효능에서 별 차이도 없는데 최고 엘리트라는 의사들이 오리지널 외제만 쓰려고 하는 겁니까?"

약을 팔아야 하는 제약회사 사장 입장에서는 보복을 생각하지 않을 수 없었지만, 내게는 옳은 말이라는 신념이 있었기 때문에 고집을 꺾지 않았다. 나의 질타와 같은 이 말에 대해 적절하게 반박하는 사람도 딱히 없었다.

한국은 도대체 어디로 가고 있는 것일까? 우리나라는 최근 들어 물난리를 아주 빈번히 겪어 왔다. 해마다 여름이면 물난리 걱정 때문에 밤잠을 설치는 사람들이 참 많다. 왜냐면 우리나라는 여름 장마철에 집중해서 비가 내리기 때문이다. 그밖에 계절에는 비가 잘 내리지 않아 물이 부족한 경우가 많다. 그러므로 댐을 만들어서 장마철에 많이 내리는 물을 모아두어야 한다. 그러면 장마철에 물이 넘쳐 홍수가 나는 일도 없을 것이고, 가뭄 때문에 물 걱정할 필요도 없게 된다. 그런데 환경론자들이 환경을 보호해야 한다는 명분으로 댐 건설을 막고 있다. 이들의 거센 반대로 인해 우리는 댐 개발의 시기를 놓쳤고, 해마다 물난리 때문에 이토록 고생을 하고 있는 것이다. 왜 환경론자들은 하나만 알고 둘을 모르는 것일까?

지금 우리나라는 한 가지 분야에 몰입된 사람들이 목소리를 높이고 있다. 목소리 큰 사람이 싸움에서도 이기는 것처럼 그들의 뜻에 따라 이 나라가 운영되고 있는 것 같다. 전문가의 견해는 뒤로 밀리고, 시민 운동하는 사람들이 목소리가 점차 높아지고 있다. 비전문가들이 나라를 몰아가고 있다.

의약 분업도 유사한 경우다. 전문가 의견은 듣지 않고, 비전문가의 말에만 귀를 기울이다 보니까 의약 대란이 일어나고 말았던 것이다. 의약 대란으로 인해 결국 외국 제약회사들이 진일보한 반면 우리 제약회사들의 퇴보라는 결과를 초래하고 말았다. 때문에 우리 한국유나이티드제약도 하는 수 없이 베트남과 미국 등지에 공장을 세우기 위해 발길을 돌리고 있다. 그곳에서는 매우 싼 가격으로 제품을 만들 수 있고, 또 다른 국가들에 판매하기도 용이하기 때문이다. 이제 한국에만 생산 기지를 가지고 있어서는 더 이상 살아남을 수 없게 됐다. 이것이 바로 지금 우리 기업에게 불어닥치고 있는 현실이다.

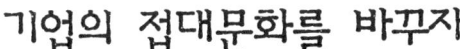

기업의 접대문화를 바꾸자

    다소 극단적인 이야기 같지만, 나는 아프리카 나라들이 가난하게 사는 가장 큰 이유를 그 나라 문화가 타락했기 때문이라고 생각한다.

    에티오피아는 중세 때부터 매우 잘 살던 나라였다. 로마와 전쟁을 치를 정도로 강한 국력을 가지고 있었다. 또 로마가 에티오피아에서 쌀을 수입해서 먹을 정도로 식량 사정도 풍부했다. 3천 년에 이르는 긴 풍요의 역사를 자랑하는 에티오피아가 지금처럼 빈곤에 허덕이게 된 가장 큰 이유를 나는 에이즈 때문이라고 본다. 현재 에티오피아에는 걸어다니는 젊은 사람 세 명 중에 한 명이 에이즈에 걸려 있을 정도로 에이즈 감염율이 심각한 실정이다.

    이처럼 에이즈가 무섭도록 빠른 속도로 확산되고 있는 까닭은 에티오피아의 성문화가 극심하게 타락했기 때문이다. 이슬람교의 영향을 받아 에티오피아에서는 중학생만 되어도 한 명의 남자 아이가 두 서너 명의 여자 친구를 사귀고 있다. 그 서너 명의 여자 아이들은 지금 만나고 있는 남자 아이와 언젠가는

헤어질 것이라고 생각하기 때문에 다른 남자들을 또 사귀고 있다. 그래서 많은 여자 친구와 남자 친구를 갖게 된다. 그러니 에이즈가 기하급수적으로 퍼져나갈 수밖에 없다. 이것이 바로 에티오피아의 퇴폐적인 문화의 한 단면을 보여주는 것이라 하겠다. 이처럼 국가의 문화는 매우 중요하다. 건전하지 못한 문화는 국가를 병들게 하고 결국에는 패망으로 이끌고 만다.

몽골에는 성병인 매독 환자가 전체 인구의 80%가 넘는다고 한다. 그 이유는 몽골의 종교가 라마교이기 때문이다. 라마교는 대승불교의 한 일파로서 밀교이다. 라마교에서는 해탈의 방법으로 바로 섹스를 제시하고 있다. 그래서 한때 세계를 지배했었던 대제국이었던 몽골이 매독으로 인해 인구가 7백만 명으로 줄어들었고, 지금도 매독 환자가 80%나 된다고 한다. 따라서 문화는 한 나라의 흥망성쇠를 좌우한다고 해도 과언이 아닐 만큼 중요하다.

그렇다면 지금 우리나라 문화는 어떠한가. 우리나라에서 유흥업소에 종사하는 술집 접대부가 서울에만 70~80만 명 정도에 이른다고 한다. 이 통계에 따르면 남자와 할머니, 아이들을 제외하고 길거리에 걸어다니는 젊은 여자 두 명 중에 한 명이 술집 접대부라는 얘기가 된다. 또 20세 이상 음주인구를 기준으로 계산했을 때 우리나라 한 사람이 이틀에 소주 한 병 이상을 마신다고 하니 음주율에 있어서는 과히 세계 최고라 하겠다. 이는 술을 한번 마시면 2차, 3차 끝장을 봐야 하고, 술자리에 예쁜 여자가 술을 따르지 않으면 술맛이 나지 않는다는 우리네 왜곡된 술문화 탓이다. 이런 왜곡된 술문화는 기업의 접대 문화와 맞물려 더욱 성황을 누리고 있는 것이다.

우리 기업의 풍토는 접대를 업무의 연장이요 생활의 일부로 여기고 있다. 매일 밤 은밀한 밀실에서 이뤄지는 질펀한 술자리는 계약 성사를 위한 필요악이라는 개념으로 인식되고 있다.

이와 같은 접대문화는 우리 경제구조를 왜곡시킬 만큼 막대한 부담으로 작용하고 있다. 즉 우리 기업에서는 업무추진비, 접대비, 리베이트 등 불투명한 명목으로 기업이 휘청거릴 만큼 막대한 금액의 돈을 지출하고 있다. 오죽하면 '접대비가 없어지면 강남의 경제가 무너진다'라는 말이 나왔겠는가.

그런데 사실 우리나라는 술값이 너무 비싸다. 룸살롱에서 하룻밤 술 마시는데 몇 백만 원을 쓰는 건 기본이나 다름없다. 내돈 내고서 어떻게 이런 비싼 술을 마시겠는가. 회사 돈이니까 흥청망청 쓰는 것이다. 흥청망청 흘러나간 돈은 유흥업소의 불로소득이 되고, 불로소득은 자연히 과소비를 자극할 수밖에 없다. 이런 악순환이 반복되면서 우리 경제가 병들게 된 것이다. 그 막대한 접대비를 시설투자에 돌렸다면 우리 경제가 지금처럼 어려운 형편에 놓이지는 않았을 것이다.

결국 공익적 요소를 사적 이익으로 전환하며 이를 공동으로 묵계하는 현장이 바로 술자리 접대문화인 것이다. 이와 같은 접대문화부터 바꿔야 한다. 그래야 우리 기업이 살 수 있다. 때문에 나는 그동안 깨끗하고 투명한 기업문화를 만들기 위해 내 나름대로 애써왔다. 왜냐면 건전한 기업문화가 우리 사회를 건전하게 이끌어 나간다고 믿고 있어서이다.

나는 우리 영업사원들에게 항상 '술자리 접대 대신에 케익을 사들고 고객의 집을 방문하라'고 주문했다. 나의 이런 주문에 모두들 말도 안 되는 얘기라고 고개를 저었지만 지금은 그것이 우리 회사의 탄탄한 기반이 됐다고 자신 있게 말할 수 있다.

창가엔 여관과 술집과 묘지가

　얼마 전 산업자원부에서 주최한 2001년 부품소재 기술개발 협약식이 있었다. 많은 회사들이 참석한 가운데 치러진 이 행사는 우리 회사가 성인병의 일종인 고지혈증 치료제의 원료 개발을 위해서 50억 원의 투자로 국내 및 해외에 수출하도록 하는 협약식이었다. 정부에서 무려 20억 원의 거액을 지원해 주었다. 너무 고마운 일이다. 우선 국가에 감사한 생각이 들었고 이 원료를 개발해 해외에 수출하여 외화를 벌어들이고 지원금의 두배를 꼭 세금으로 보답하겠다는 다짐을 했다.

　먼저 식순에 따라 작년에 지원 받은 성공기업사례 발표가 있었다. 벤처기업 사장이 발표를 하다가 목이 메어 울먹거린 후 이야기를 계속한다. 이야기인 즉, 자기는 연구 개발하는 동안 하루에 4시간 이상은 잠을 못 자고 있다고 했다. 그리고 마지막으로 5분만 이야기를 더 하겠다고 말하면서 일본 신간선을 탄 이야기를 한다. 자기가 일본에서 신간선을 타고 가는데 창가에는 공장과 연구소 간판이 즐비하게 보였다고 한다. 그리고 한국에서 열차를 타고 갈 때를 생각해 봤다고 했다. 한국은 너무도 많은 술집 간판과 여관과 묘지가 눈에 띄었다고 말한다. 우리와 일본의 차이점을 한눈에 보았다고 하면서 목이 메어 말을 이어가지 못하고 헛기침만 했다. 그리고 우리가 일본과의 무역역조가 100억 달러 이상 나는 이유를 자동차, 전자제품을 팔지만 그 부품은 모두 수입하기 때문이라고 이야기한다.

우리가 가진 거라곤 사람(인력)밖에 없는데 요즘은 놀기를 좋아하고 일하기를 싫어하는 젊은이가 많다고 걱정을 하면서 그는 울고 있었다. 나도 눈시울이 뜨거워지다 눈물이 쏟아져 슬그머니 자리를 옮겨 화장실로 갔다. 그런데 웬일인가. 울음이 그치질 않았다. 창피한 생각에 세수를 해도 마찬가지였다.

우리는 지금 어떤지 다시 생각해야 한다. 우리의 정신을 바로 잡고 그리고 경제를 생각해야 한다. 근로자도 경영자도 국가의 장래를 생각해야지 우리 자식들에게 떳떳할 수 있다. 지금 우리는 무엇을 세계시장에 팔려고 하는가. 중국이 싼 인건비와 기술력으로 우리를 추월할 수 있으며 첨단기술은 일본과 미국에 못 당하고 있다. 이런 상태로 우리 민족은 앞으로 이 극심한 국제경쟁사회에서 민족의 생존을 이어갈 수 있나를 한번쯤 생각해 볼 때인 것 같다. 주 5일 근무제도 좋고 삶의 질도 좋다. 그러나 기업이 살고 일터가 있어야 가능한 일이 아닌가.

우리 회사는 동남아 필리핀과 베트남, 미얀마에 법인이 있다. 인건비가 보통 생산직 10만 원, 약사의 경우 20만 원 정도다. 그리고 그 적은 돈으로도 그들은 열심히 일하고 있다. 그리고 그들은 수산자원, 석유 등 많은 산업자원이 있다. 우리는 자원도 없고 근면한 사람만이 있을 뿐이다.

우선 퇴폐술집 접대 문화에서 벗어나야 한다. 그리고 신기술 개발에 투자하자. 그래야 새로운 상품으로 세계시장에 도전할 수 있다. 그리고 건전한 소비 문화를 만들어 나가자. 매스컴도 건전한 가정이 유지되도록 선정적이고 퇴폐적인 오락프로그램을 줄이고 바른 가치관을 가지고 살 수 있는 건전한 프로그램을 만들어야 한다.

그리고 교육도 이념이나 평등과 같은 정치적인 문제에서 탈피하여 바른 시민 생활에 필요한 질서, 예절, 기능, 기술 교육 중심으로 바꿔야한다. 이것이 바로 선진국에서 하는 교육이다. 이제 국민 모두가 한마음이 되어서 국가의 미래에 대해 한번쯤 심각하게 생각해 보아야 할 것이다.

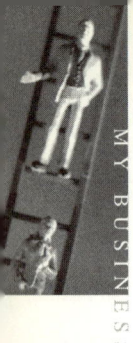

기업, 가정을 사수하라

최근 중국을 비롯해 동남아시아에 '한류(韓流) 열풍'이 불고 있다. 우리나라 연예인들이 아시아의 스타로 급부상하고 있다. 우리 회사가 얼마 전부터 진출하기 시작한 베트남에서도 한국 배우에 대한 인기가 하늘을 찌를 듯하다. 한국 드라마가 방영될 때는 많은 베트남 국민들이 드라마 시청으로 잠을 이루지 못하고, 그 인기가 어찌나 대단한지 하루에 3번씩이나 방영될 정도라고 한다.

그러나 베트남 정부는 한국 드라마가 항상 불륜과 이혼 등 건전한 가정을 해치는 내용을 주로 다루고 있어 베트남 가정들에게 나쁜 영향을 미친다고 판단해 결국 한국 드라마 방영을 금지시켰다고 한다. 즉 우리의 대중문화가 가정의 해체를 부추기고 있다는 얘기다.

요즘 우리나라에서는 하루에 9백 쌍이 결혼하고, 3백 쌍이 이혼을 하고 있다. 우리나라 이혼율은 이미 30%를 넘어섰고, 결혼 후 3년 이내에 이혼하는 확률은 세계에서 최고로 꼽히고 있다. 이는 우리 사회 근간을 이뤄왔던 가정이 무너지고 있음을 보여주는 현실이다. 중요한 것은 이처럼 가정이 해체되면 기업은 물론이고 나라도 제대로 지탱될 수 없다는 사실이다.

기업은 우리네 가정을 지키는데 남다른 관심과 노력을 기울여야 한다. 왜냐면 기업이 우리 가정 파괴에 적지 않은 원인 제공을 했다. 그것은 바로 왜곡된 기업문화, 즉 정상적인 경쟁구도가 아닌 술과 여자, 봉투라는 검은 관행으로 기업이 성장되어왔기 때문이다.

밤마다 접대라는 명목으로 지속되는 술자리는 우리 가정의 건전한 행복을 저해하는 요소가 될 수밖에 없었고, 이와 같은 기업의 검은 관행은 건전한 사회와 나라 발전도 막아 최근의 경기 침체를 불러왔다고 해도 과언이 아니다.

이는 결국 가정의 기형적인 변형으로까지 이어지고 있다. 즉 최근 계속되는 불경기로 일자리 구하기가 쉽지 않게 되자 취업을 해서 부모로부터 독립해야 할 나이가 훨씬 지났음에도 불구하고 부모에게 의탁해 사는 젊은 실업자들이 많아지고 있다. 이로 인해 서른이 훨씬 넘어서 부모를 봉양해야 마땅한 자식들이 부모의 박봉을 빼앗아 쓰고 있는 형편이다. 현실이 이렇다 보니 우리네 부모들은 참으로 고달픈 인생을 살고 있다. 노년을 즐겨야 할 시기를 장성한 자식 뒷바라지에 쓰고 있으니 말이다.

이렇게 된 원인에는 최근 계속된 경기침체의 탓도 있겠지만 3D업종의 일을 기피하려는 요즘 세태와 무관하지 않다. 요즘 젊은이들은 돈을 아무리 많이 줘도 힘들고, 더럽고, 위험한 일을 하지 않으려 한다. 그래서 실업자 수가 급증하고 있음에도 불구하고, 제조업 공장에서는 일할 사람 구하기가 어려워 기계를 세워둘 정도라고 한다.

나는 기업과 가정은 굉장히 밀접한 관계에 있다고 생각한다. 기업이 흔들리면 가정이 흔들릴 수밖에 없고 가정이 파괴되면 기업도 버텨나가기가 어렵다. 기업가들은 건전한 기업문화를 정착시켜 직원들이 가정을 행복하게 지켜나갈 수 있도록 배려해야 할 것이다. 이것이 기업이 해야할 가장 근본적인 임무라고 생각한다. 왜냐면 기업 발전의 원동력이 가정에서 비롯되기 때문이다.

페달을 밟지 않으면 쓰러지는
두발 자전거

　전화벨이 크게 울린다. 한참 결제하다 깜짝 놀라서 받아보니
공장 총무과장이었다.

　"사장님! 소방서에서 갑자기 조사를 나왔습니다. 여기저기
샅샅이 조사를 했는데 저희도 모르는 사항이 많이 지적됐습니
다. 검찰과 합동 감사라고 합니다."

　"그래. 그럼 개선할 사항을 잘 듣고 함께 찾아보도록 해."

　전화를 끊었다. 이렇게 되면 예상치 않았던 지출이 생겨나게
된다. 이럴 때마다 맥이 풀린다.

　또 얼마 전에는 컨설팅 회사 직원과 회의를 했다.

　"사장님, 이제 그만 욕심내시죠? 한 7백억 원 정도에서 회사를
안정시키시는 게 좋을 것 같습니다. 왜냐하면 회사를 확장하기
위해서는 물적 재원도 중요하지만 인적 재원이 더욱 중요합니다.
그런데 요즘 중소기업에서는 고급 인력 구하기가 어렵습니다. 사
람이 없으면 기업은 결국 발전하지 못하고 망하게 됩니다."

　이런 얘기를 들을 때면 나는 깊은 좌절감에 빠진다. 맞는 말

이다. 사실 요즘 중소기업에서는 아무리 월급을 많이 준다고 해도 고급 인력 구하기가 정말 어렵다. 회사는 사람에 의해 운영되는 조직이다. 아무리 재정이 탄탄해도 고급 인력이 없으면 회사는 계속해서 발전할 수 없다. 발전이 없는 회사는 결국에는 망할 수밖에 없는 것이 분명한 일이다.

또 몇 달 전에는 퇴직한 영업사원이 금전사고를 냈다. 그래서 우리는 당연히 퇴직금으로 손해 본 만큼을 상계하려고 했다. 그런데 그 영업사원이 노동부에 나를 고발했다. 노동부에서는 전후 사정도 고려하지 않고 무조건 근로자에게 퇴직금은 주고, 그 후 다른 방법을 찾아보라는 것이었다. 정말 화가 나는 일이 아닐 수 없다. 순전히 영업사원이 잘못한 일인데 그 책임을 왜 회사가 모두 떠맡아야 하는 것인가. 이럴 때마다 절망감이 엄습해 온다.

하지만 그렇다고 해서 좌절과 절망으로 주저앉아 있을 수 없다. 왜냐면 기업은 두발 자전거와 같은 존재인 것이다. 페달을 계속해서 밟지 않으면 쓰러지고 마는 두발 자전거 말이다. 따라서 기업은 계속해서 성장방안을 고민해야 하고, 그 방향으로 쉼 없이 페달을 밟아야만 한다.

그렇기에 나는 한 달에 몇 번씩 수출을 성사시키기 위해 여러 나라를 방문하지만 제대로 시내 관광 한번 하지 않았다. 그저 비행기에서 내리자마자 일의 현장으로 뛰어가고 일이 끝나면 곧바로 다시 비행기에 올라 한국으로 향하는 일정의 반복이었을 뿐이다. 그것이 전부였다. 그러니 세계 일주를 몇번 했다고 할 수 있을 만큼 전세계를 누볐지만 제대로 구경한 곳은 한 곳도 없을 수밖에.

왜 나도 남들처럼 느긋하게 해외 관광도 다니고 토요일이면 친구들과 어울려 골프도 치고 싶지 않겠는가. 하지만 그럴 수 없다. 왜냐면 내가 부지런히 움직이지 않으면 한국유나이티드제약이라는 두발 자전거가 쓰러지고 말기 때문이다.

어느 조찬 모임에 갔더니 AMCHAM(주한미국상공회의소)의 대표가 자신이 주로 하는 일은 중소기업 사장들의 미국 비자를 받아주는 일이라고 했다. 좀 새겨 들어볼 이야기였다. 그만큼 미국 비자 내기가 어렵다는 얘기다. 하지만 이런 어려움에도 불구하고 우리는 세계로 눈을 돌려야 한다. 저 밖에서 불고 있는 거친 변화의 바람을 타고 세계를 향해 움직여 가여 할 것이다.

이는 누구나 알고 있으며 공감하는 바일 것이다. 그러나 문제의식을 느끼는 사람은 많지만 그것에 비해 우리 현실은 별반 나아지는 기미를 보이지 않고 있다. 그 까닭이 무엇일까. 우리들 속에 깊숙이 뿌리박고 있는 패배 의식 탓은 아닐까.

'좋은 게 좋은 거다'라는 말을 무슨 신조처럼 되새기며 '어차피 되지도 않을 일, 괜히 기운 빼지 말고 그냥 되는 대로 흘러가게 내버려두자'는 안일한 생각이 우리의 발전을 가로막고 있는 것이다.

놀기를 좋아하는 사회, 공짜로 살기를 좋아하는 사회 속에서 우리가 스스로 경쟁력을 가지려면 안일함과 패배의식을 박차고 일어나야 한다. 그리고 열심히 페달을 밟아야 한다.

내가 하기 싫은 일은 남도 하기 싫다

우리는 흔히 내가 하기 싫은 일을 남에게 떠넘기려는 경향이 많다. 하지만 이와 반대로 남이 하기 싫어하는 일을 떠맡아 성공한 예가 있다.

내가 아는 어떤 영업사원 한 사람이 정말 열심히 일해서 어느 정도 자리도 잡고 이젠 성장가도를 달리는 일만 남았다고 생각하고 있었다. 그런데 갑자가 회사에서 다른 지역으로 발령을 냈다. 그동안 그가 열심히 개척해 놓은 거래처를 모두 두고 떠나야 했다. 그는 아는 사람 하나 없는 곳에서 또다시 새롭게 시작해야 하는 암담한 상황에 놓이게 됐다. 모든 것을 포기하고 싶었지만 그는 끝내 이겨냈고 새롭게 각오를 다졌다.

하지만 일이 그리 쉽게 풀리지 않았다. 고민을 하던 그는 남이 하기 싫어하는 일을 찾아 하기로 했다. 즉 말썽 많고 속만 썩이는 거래처를 자신이 모두 떠맡기로 했던 것이었다. 다른 사원들에게 골치 아픈 거래처를 자신에게 모두 떠넘기라고 하자 여기저기서 잔뜩 일거리를 갖다 주었다. 그는 그 다음날부터 문제 거래처들을 직접 찾아갔다. 그들의 문제와 불평에 귀를 기울이고 그 해결책을 하나씩 찾아 나갔다. 그 결과 그의 실적은 놀랄만하게 향상됐고, 그는 전국 최고의 영업사원이 됐다.

항상 쉬운 길만 찾는 사람은 알찬 결실을 맺을 수 없다. 다른 사람들이 길이 험하다고 불평하고 있을 때 지체하지 않고 용기 있게 그 길로 뛰어든다면 그는 진정한 성공의 열매를 거둘 수 있을 것이다.

문제로부터 도망간다면 그 문제는 끝내 해결할 수 없다. 오히려 문제와 당당히 맞설 때 거기에 해답이 있는 것이다. 문제는 불가능이 아니다. 다만 우리의 앞길을 잠시 가로막고 있는 장애물일 뿐이다. 장애물을 뛰어넘거나 아니면 그것을 치워야만 우리는 가던 길을 계속해서 갈 수 있다. 무작정 장애물을 피해 다른 길을 찾는다면 우리는 결코 한 걸음도 전진할 수 없을 것이다. 그러므로 우리는 직면한 문제를 해결하기 위해 꾸준히 시도해야 한다. 기적의 신약을 처음 발명한 경우에도 첫 시도부터 성공하지 않았다. 여러 차례 실패를 거듭하면서 드디어 문제의 출구를 발견하게 되는 것이다.

그러나 과거의 실패에 집착하게 되면 그는 미로 속을 헤매게 될 것이다. 영업사원으로 성공하지 못하는 경우는 대부분 거절당한 기억에 사로잡혀 있거나 아니면 거절 당할까봐 두려움에 떨고 있어서이다. 만약 내가 거절을 당했다면 그 이유를 돌이켜 봐야 한다. 내게는 억울한 일이겠지만 이유 없는 거절은 없으니까 말이다. 이유를 철저히 분석해서 다음에 성공적인 결과를 얻기 위한 교훈으로 삼아야 할 것이다. 그래야 나와의 거래를 거절한 사람이 틀렸음을 증명할 수가 있다.

그렇게 하려면 좌절하기보다는 그 거절의 자극을 연료로 활용해 앞으로 나아가야 한다. 즉 부정적인 상황에서 멈추지 말고, 그로부터 에너지를 얻으라는 말이다. 누군가 '거절과 실패는 단지 게임의 일부다. 그것은 누구나 겪는 일이다. 우리는 그것으로 인해 좌절하고 포기할 수도 있고, 더 높은 고지로 상승하는 힘을 이끌어 낼 수도 있다'고 했다. 이것이 바로 문제의 장애물을 해결할 수 있는 힘이 될 수 있을 것이다.

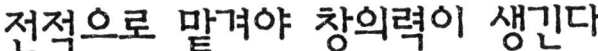

전적으로 맡겨야 창의력이 생긴다

나는 무엇보다 인재 육성의 중요성을 인식하고, 사람에 대한 투자만큼은 아끼지 않았다. 그래서 외국에서 선진 기술을 많이 배울 수 있도록 직원들에게 연수 기회도 될 수 있으면 많이 주려고 애를 썼다. 이렇게 공들여 인재를 육성해 놓았는데 갑작스럽게 다른 기업의 스카웃 제의를 받고 회사를 옮겨버리는 경우가 종종 있었다. 그건 회사 입장에서 볼 때 대단히 큰 손실이 아닐 수 없다. 처음 몇 번 이런 경우를 당했을 때는 배신감과 허탈감으로 한동안 무척 힘이 들었다.

그러나 나중에는 우리 회사에 꼭 필요한 사람일지라도 그만두겠다고 말하면 그냥 가도록 하고 붙잡지 않았다. 그 빈 자리로 인해 우리 회사가 한동안 어려움을 겪을지라도 그들이 원하는 대로 해주었다. 그때마다 나는 "빈 자리를 채울 수 있는 좋은 사람을 하나님께서 보내주십시오."라고 기도했다. 그러면 감사하게도 매번 그 전에 있던 직원보다 월등한 능력의 소유자로 그 빈 자리를 채워주셨다. 그래서 지금도 우리 기업의 모토는 교육을 중심으로 한 인재 양성이다.

그런데 인재 양성에 있어서 나는 똑똑하고 불성실한 사람보다 성실하고 근면한 사람을 높이 평가한다. 러시아의 대문호 톨스토이가 쓴 단편 가운데 '세 가지 의문' 이라는 작품 속에서 이런 내용이 있다.

"이 세상에서 제일 중요한 때는 바로 지금이고, 이 세상에서 제일 중요한 사람은 현재 만나고 있는 사람이며, 이 세상에서 제일 중요한 일은 무엇인가 최선을 다하여 선을 베푸는 일이다."

이 세상에서 제일 중요한 때 지금 만나고 있는 사람과 일에 얼마나 최선을 다하느냐 하는 것을 나는 인재 판단의 기준으로 삼아왔다. 즉 경영자 입장에서 사람을 부릴 때는 그의 학력이나 능력은 이차적 문제다. 제일 중요한 것은 바로 일에 임하는 자세다.

사업하는 사람에게 있어서 아랫사람을 적재적소에 잘 쓸 줄 아는 것도 큰 자산이다. 나는 직원들에게 일을 맡길 때 '최선을 다하라' 는 말만 당부한다. 그 외에 어떠한 세부적인 명령도 하지 않는다. 일단 직원들에게 모든 것을 맡긴다. 그 사람이 자신의 모든 역량을 다해 열심히 일을 할 수 있도록 분위기를 조성해 주는 것이다. 이처럼 내가 직원들에게 재량껏 일할 수 있는 기회를 주면 그들은 창의력을 발휘하게 된다.

윗사람이 명령하는 것만을 맹목적으로 따라하게 되면 한 사람 생각 이상의 발전은 없다. 윗사람이 미처 생각해내지 못한 새로운 발전의 가능성을 찾아내려면 직원들이 내 명령만 기다리고 있어서는 안 된다. 그들 스스로 할 일을 찾아 나설 수 있도록 그들에게 기회를 주어야 하는 것이다.

공장을 처음 가동했을 때부터 지금까지 많은 직원들이 우리 회사를 거쳐갔다. 우리는 필요로 했지만 떠나간 이도 있었고 우리를 필요로 해서 남아있는 이도 있다. 하지만 중요한 건 지금 현재 남아있는 사람들은 모두 우리 식구나 다름이 없다는 사실이다.

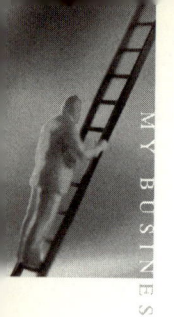

'바람직한 행정 방향'에 관해서

지난 3월 달에 공무원 연수원에서 강의를 해달라고 해서 '바람직한 행정 방향'에 관해 강의를 했었다. 나는 공무원이 봉사해야 할 대상은 세 부문이라고 말했다. 첫째는 국가요 둘째는 국민, 그리고 셋째는 기업이라는 얘기다. 왜냐하면 국가는 산업을 발전시켜 해외 경쟁에서 살아남아야 하는데 이 주체가 기업인 것이다. 따라서 기업은 공무원이 지시하고 견제해야 할 대상일 뿐 아니라 도와주고 협력해 줘야 할 대상이다.

하지만 우리의 현실은 그렇지 않다. 기업을 운영하는 사람들은 공무원들이 사사건건 기업의 일을 방해하고 나선다고 불만이 이만저만이 아니다. 문제는 이것이 기업의 잘못을 바로잡는 계도 차원이 아니라 공무원 사회 특유의 권위적이고 융통성 없는 경직성 때문에 야기되는 경우가 많다는 점이다.

이와 같은 풍토가 현재 우리나라 공직 사회에 만연하고 있는 부정부패와 무관하지 않다고 본다. 과거에는 공무원들이 기업을 잘 봐주는 대신에 기업에서는 그에 상응하는 물질적 대가를 지불했었다. 이런 관행으로 인해 '돈이면 뭐든지 다 된다'는 식의 황금만능주의적인 사고 방식이 사회 전반에 팽배해졌던 것이다.

그러나 이제 우리에게는 관계성의 혁명이 필요하다. 과거부터 지속되어 왔던 사회 구성원들 간의 관계성에 혁명과 같은 변화가 필요하다는 얘기다. 그동안 우리는 '국가의 주인은 국민'이며 '공직자는 국민의 심부름꾼'이라고 입버릇처럼 얘기해 왔지만, 실상은 국가가 국민 위에 군림해 왔다. 또 '높은 자리 어르신'들은 국민이 부여한 권력과 권위를 이용해 국민들 위에서 거드름을 피워 왔다. 이처럼 주객이 전도된 관계성은 우리 사회의 기형화를 초래했고 왜곡된 구조로 인해 지금과 같이 경제적인 어려움을 겪게 된 것이다.

미래학자들에 의하면 21세기 공무원들은 국민에게서 거둔 세금을 가장 효율적으로 관리 운영하여 국민의 안전과 안녕을 도모하는 역할 이상도 이하도 할 수 없을 것이라고 예측하고 있다. 그러므로 21세기 우리 사회가 건전하게 발전하면 앞으로 공직 사회가 지금과 같은 권력 기관으로 존재해서는 안 된다. 우리 공직 사회도 급변하는 시대적 흐름에 맞춰 철저한 서비스센터 개념으로 변모해야 한다는 얘기다.

하지만 이와 같이 구성원 간의 관계성 혁명에 있어서 중요한 것은 개인들의 의식 변화다. 아직도 우리나라는 지극히 가부장적인 구조 아래 제한된 지식과 능력을 가진 몇몇 실력자들의 손에 의해 모든 중요정책이 결정되고 있는 사례가 비일비재하다. 따라서 우리의 혁명은 지금까지 입으로만 떠들어댔지 개개인의

의식 속에서는 변하지 않았던 부분들을 하나씩 바꿔 가는 데서 부터 시작해야 할 것이다.

　사실 지금 우리 경제 현실은 참으로 암담하다. 경제 전문가들은 지금 우리 경제를 위기라고 진단한다. 또한 우리의 경제적 위기가 과도하게 문어발식으로 규모를 늘려간 대기업의 책임이 크다는 지적이 높아지자 수많은 경영자들이 죄인시 되고 있다. 이런 상황이 계속된다면 우리 모두의 앞날은 어두울 수밖에 없다.

　하지만 대부분의 경영자들이 졸부로 엉터리 사장이 된 건 아니다. 그들은 밤낮 없이 기업을 위해 자신의 삶 전부를 걸고 뛰어 왔다. 지금도 그들은 밤을 하얗게 밝히며 회사의 진로를 고민하고 있다. 그러므로 기업의 CEO들이 힘을 내서 도전할 수 있도록 정부가 대안을 마련해 주어야 한다. 그들을 있는 자, 가진 자라는 타도대상이 아니라 우리 국가 경영에서 꼭 필요한 사람으로 인정하고 격려해 줄 때 우리 경제는 살아날 수 있을 것이다. 경영자들에게 '관(官)은 서비스를, 국민은 격려'를 보낼 때 한국은 더욱 부강해 질 것이다.

기독교 문화, 수출에 활용하자

어제 아프리카에서 바이어가 한 사람 찾아왔다. 그 바이어는 나이지리아에서 제법 크게 의약품 판매업을 하고 있었다. 그 바이어가 운영하고 있는 회사에서는 얼마 전까지 주로 서구에서 의약품을 수입해서 팔아왔는데 이번에 거래처를 한국으로 바꿔보고 싶다는 제안을 해왔다.

그래서 우리 회사가 그를 한국에 초청해 공장을 견학시켜 주고 또 시내 관광도 시켜 주면서 우리나라 문화를 전반적으로 소개시켜 줬다. 그는 한국에 와서 보니 모든 것이 너무나 마음에 든다며 흡족해 했다. 서구인들과 거래를 하다 보면 마치 자신들을 노예처럼 대접하고 경제적 이익만 챙기려는 속셈이 보여서 자존심이 많이 상했었다고 한다.

그런데 한국 사람을 만나 보니 마음 속에서 우러나오는 친절로 자신을 대해주어서 무척 감동을 받았다고 했다. 때문에 가급적이면 한국 제품을 수입하고 싶다고 말했다. 그 바이어와 커피를 마시면서 농담 한 마디를 건넸다.

"당신 나라는 이슬람 국가라서 일부다처제가 허용된다고 하던데 부인은 몇 명이나 됩니까?"

그랬더니 그가 정색하며 대답했다.

"우리 나이지리아는 기독교 국가이고, 저 역시 기독교인입니다. 부인은 단 한 명이고 성경대로 살려고 노력하고 있습니다."

이슬람교도들은 모두 변두리 지역으로 밀려났다고 그는 덧붙여 설명했다. 그와 대화를 하면서 무엇보다 내가 깜짝 놀란 것은 한국의 교회가 나이지리아 교회에 큰 영향력을 미치고 있다는 사실이었다. 또한 여의도순복음교회 조용기 목사가 아프리카에서도 상당히 존경받는 지도자라는 사실도 알게 됐다. 그는 이렇게 말했다.

"저희나라에서는 조용기 목사라고 하면 세계 어느 위대한 인물보다 큰 존경을 받고 있습니다. 또 우리 국민들은 한국에 와서 예배드리고 조 목사님 얼굴 한번 보는 것을 일생 일대 가장 큰 영광으로 생각하고 있습니다."

그래서 나는 그 바이어와 함께 주일날 여의도순복음교회에서 예배를 드렸다. 그 바이어에게는 그것이 무척이나 인상에 깊이 남았던 모양이었다. 아프리카로 돌아가는 날 아침까지도 흥분에 들떠서 그 얘기를 했다. 그는 자신이 귀국해서 진짜로 조 목사님을 보고 그 설교를 들었다고 하면 아마도 친구들이 믿지 않을 것이라며 너무도 자랑스럽게 생각했다. 그는 조용기 목사가 조만간 요르단을 방문할 것이라는 사실도 알고 있었다. 한국 사람인 나도 전혀 모르는 일을 그가 알고 있었던 거다. 그런 바이어의 모습을 보면서 이번 상담은 결과가 아주 좋을 것 같다는 예감이 들었다. 그는 우리 회사 제품을 수입하고 싶다며 보다 많은 품목을 보내달라고 했다.

바른 문화, 바른 종교가 우리 수출의 원동력이 되고 있음을 이때 다시 한번 깨달았다. 이런 점을 수출하는데 잘만 이용하면 의외로 많은 득을 볼 수도 있을 것 같다는 생각이 들었다.

이밖에도 문화와 종교가 상품의 가치 향상과 거래선 확대에 있어서 직접적인 도움을 몇 번 받은 경험이 있었다.

앞으로 이와 같은 방향으로 더 많은 자료를 확보해서 발전시켜 볼 계획도 갖고 있다. 예를 들면 개발도상국의 바이어 중에서 기독교인을 초청해서 이태원 쇼핑뿐만 아니라 교회 예배 참석 프로그램 같은 것을 개발하면 좋을 것 같다. 여기에 조용기 목사의 세계적인 명성을 잘 활용하면 좋은 판촉이 되지 않을까 하는 생각도 해봤다.

많은 기독교인들이 성경을 통해 하나되어 서로 돕고 교통한다면 하나님의 문화가 세계 모든 나라에 뿌리내릴 수 있을 것이라고 생각한다. 이것이 바로 성도가 교통하는 것이요, 우리의 신앙고백이 아닌가 생각한다. 국내뿐 아니라 전 세계 기독교인이 하나되어 성령 안에서 행복한 삶을 살아가는 것이 바로 하나님이 원하시는 진정한 뜻이라고 나는 확신한다.

1%의 가능성만 있어도 도전하라

　　우리 사회는 한동안 벤처 열풍으로 뜨거웠다. 한창 때에는 좋은 아이템만 있으면 금방이라도 일확천금을 벌 수 있을 것 같았다. 실제로 그런 예가 있기도 했다. 수많은 젊은이들이 벤처인으로 성공을 꿈꿨고, 사실 얼마 전까지만 해도 그 꿈이 현실로 이뤄지는 것처럼 보였다. 하지만 그것의 대부분은 사막의 신기루 같았다. 그 열기가 식고, 들뜬 분위기가 가라앉자 그 허와 실이 드러나기 시작했다. 요즘은 한창 거품이 빠지고 있는 것 같다.

　　젊은 시절에는 누구나 미지를 향한 들끓는 욕망을 가슴 속에 품기 마련이다. 그러나 대부분은 여러 가지 주변 여건을 핑계로 활화산처럼 들끓는 의욕을 분출하지 못한 채 마음 속 깊이 좌절이라는 이름으로 남겨놓곤 한다. 그 좌절감은 자포자기를 낳고, 응어리가 되어 우리 인생을 살맛나지 않는 것으로 만들어버리고 만다. 이것은 무모해 보이는 도전으로 실패감을 맛보는 것보다 더욱 참담하다. 그래서 나는 단 1%의 가능성만 있다면 그것을 붙들고 씨름해 보라고 충고하고 싶다. 99% 실패를 맛보더라도 그 편이 훨씬 더 낫다고 생각한다.

사실 돌이켜 보면 시대는 달랐지만 나 또한 무모하기 그지없는 벤처의 길을 걸어왔다고 할 수 있다. 한국인이 경영하는 다국적 제약회사를 만들겠다는 꿈과 비전만을 가지고 맨주먹으로 일어났다. 생소한 국제 사회에 맨몸으로 부딪쳤고 불굴의 도전 정신으로 수많은 난관을 헤쳐왔다. 이 모든 것이 도전과 모험, 그리고 용기를 필요로 하는 벤처 그 자체였다. 다 포기하고 편하게 안주하고 싶다는 생각이 하루에도 몇 번씩 들 만큼 힘들고 고된 길이었다. 하지만 내가 꿈꿔왔고 또 스스로 선택한 길이기에 그 도전에서 맛볼 수 있었던 희열과 감격은 무엇과도 바꿀 수 없을 만큼 대단한 것이었다. 그 감격으로 인해 나는 지금까지 그 험한 길에서 한 번도 궤도를 이탈해 본 적이 없다.

솔직히 우리 때에 비하면 요즘 젊은이들에게는 도전할 수 있는 기회가 훨씬 많다. 예전에는 나이가 어리다는 것은 세상을 바꿀만한 지위나 영향력이 없다는 얘기와 같았다. 하지만 오늘날은 상황이 많이 다르다. 오죽하면 '세대비약' 이라는 말이 나왔겠는가. '세대비약' 이란 사회의 주축 세력이 50대에서 20대로 바뀐다는 것을 의미한다. 즉 지금까지 이 사회를 이끌어왔던 책무가 중견세대, 즉 50대에게 있었는데 그것이 20대에게로 넘겨질 것이란 얘기다. 갑작스럽게 주도권을 뺏기게 될 30, 40대에게는 받아들이고 싶지 않은 현실이겠지만 시대 흐름이니 대세를 거스를 수는 없는 일이다.

이러한 대세를 주도하는 건 뭐니뭐니해도 전세계를 하나로

엮는 인터넷의 역할이 크다고 하겠다. 인터넷은 세계를 향해 열린 창이다. 20대는 그 창을 통해 마음껏 자신들의 생각을 세계로 향해 펼칠 수 있다. 그것이 바로 세계 여론을 주도할 수도 있을 것이다. 이러한 바탕 위에 새로운 형태의 기업과 조직을 만들어 이끌어 가게 된다면 20대는 세계를 변화시킬 만큼 큰 파워를 갖게 되는 것이다.

그러면 20대에게 주도권을 뺏겼다고 해서 절망만 하고 있을 것인가. 여기서 말하는 20대란 물리적인 나이만을 지칭하는 것은 아니다. 정신적 연령을 의미한다는 얘기다. 즉 30, 40대라도 혁신적이고 창의적인 청년정신을 갖는다면 20대 못지 않은 왕성한 활동력을 보일 수 있을 것이다. 관건은 바로 1%의 가능성만 있더라도 도전하는 정신력일 것이다.

문제에는 적극적으로 대처하라

우리 속담에 '소 잃고 외양간 고친다' 는 말이 있다. 요즘 우리나라 상황이 꼭 그런 형국이다. 우리는 언제나 사고가 터진 다음에 대비책을 강구한다고 야단법석이다. 그나마 대비책을 제대로만 강구해도 좋겠다. 임시방편으로 얼렁뚱땅 그 순간만 모면하려 하니까 더 큰 문제가 생겨나는 것이다. 다시 말하면 외양간을 고치되 소가 넘어서 도망간 곳만 고친다는 얘기다. 그러니 일이 제대로 수습될 리가 없다.

이런 수동적인 방법으로는 근본적인 해결이 되지 않는다. 즉 일단 소를 잃었다면 다시는 그런 일이 일어나지 않도록 완벽한 대비책을 세우는 것이 필요하다. 이것은 기업을 운영하는 사람이라면 반드시 숙지해 두어야 할 사항이 아닐 수 없다. 왜냐면 기업이라는 것이 도미노처럼 하나가 잘못 삐끗하면 모든 것이 와르르 한순간에 무너지고 말기 때문이다. 공든 탑이 무너지는 것처럼 말이다. 유비무한(有備無患)은 아니더라도 사고가 재발하지 않도록은 해야 하지 않을까?

그래서 나는 직원이 처음 실수로 잘못을 저질렀을 때는 크게 나무라지 않는다. 하지만 그 실수가 반복될 때는 가차없이 책임을 묻는다. 이는 직원들이 발생된 문제에 대해 수동적으로 대응하지 않고 조금이라도 더 적극적으로 대처하도록 하기 위함이다. 그래야만 발전할 수 있다. 매번 발생하는 문제만 미봉책으로 막는 데에만 급급하다면 그 자리에서 계속 맴돌 뿐 더 이상 전진은 없다.

이를 위해서는 어떤 상황에서도 적용할 수 있는 구체적인 시나리오를 가능한 여러 개 준비하는 것이 좋다. 즉 미리 일어날 가능성이 있는 위험한 상황을 여러 개 설정해 놓고 그에 대한 대비책을 미리미리 강구하자는 얘기다. 좀 더 구체적으로 이야기하자면 소가 넘어갈 모든 경로를 미리 점검하고 소가 그 담장을 넘을 경우와 도둑이 들어 소를 끌어 낼 경우까지 모든 경우의 수를 총동원하여 그에 대한 대책을 미리미리 구상해 놓아야 한다는 말이다. 이것은 단순히 머리 속에서 막연히 구상되는 것이 아니라 구체적인 내용까지 모두 완벽하게 갖추고 있어야 한다.

즉 마인드웨어를 다시 짜야 한다는 말이다. 마인드웨어는 한 개인이 하룻밤에 뚝딱뚝딱 짤 수는 없는 노릇이다. 국가적 역량을 총동원해서 해야 할 일이다. 여기에 우리의 힘이 부족하다면 남의 지혜라도 빌려와야 할 것이다. 적극적인 벤치마킹을 통해 다른 나라의 사례를 배워오는 것도 좋은 방법이 될 것 같다.

이렇게 할 때 우리나라 여기저기서 터지고 있는 안전불감증으로 인한 사건들도 줄어들게 될 것이고, 기업도 튼튼한 발판 위에서 발전을 향해 도약할 수 있을 것이다.

자신의 약점을 인정하라

성경에 내 눈에 있는 들보는 보지 못하고 남의 눈에 있는 티끌만 본다는 얘기가 있다. 이는 인간의 속성이 남의 약점을 지적하는 데는 적극적인 반면에 자신의 약점을 인정하는 데는 소극적이란 얘기다.

서로의 약점 들추기에 여념이 없다면 개인의 약점들은 서로 충돌을 일으켜 조직의 약점으로 확대된다. 하지만 개인의 약점을 인정하고 그것을 서로 조화롭게 보완해 갈 때 극대 효과를 발휘할 수 있게 된다. 마치 퍼즐 맞추기를 하듯 약점과 강점이 조합을 이뤄 조직의 능력을 최대한으로 끌어올리는 시너지를 창출해 낸다는 말이다. 어차피 인간은 불완전한 존재일 수밖에 없다. 그 불완전성을 인정한다면 우리의 약점을 장점으로 보완하기가 훨씬 더 수월해진다는 사실을 우리는 항상 기억해야 할 것이다.

나는 직원을 채용할 때 자신의 장점만을 지나치게 강조해서 이야기하는 사람을 뽑지 않는다. 이렇게 '잘난 한 사람'으로 인해 팀워크가 깨진다면 조직의 입장에서는 손해가 더 크다. '잘

난 한 사람'이 이뤄낼 수 있는 것은 극히 미비하다. 그렇다고 해서 윗사람 지시에 고분고분 잘 따르는 사람을 선택하느냐 하면 그것도 아니다. 그런 사람은 절대 윗사람 생각 이상의 창의적인 발상을 내놓지 못한다. 그냥 심부름꾼에 지나지 않을 뿐이다. 우리 회사에는 심부름꾼이 필요 없다. 회사를 자신의 것으로 생각하는 주인이 되어야 한다. 그래야 창의력 있는 아이템들이 생산될 수 있는 것이다.

나는 조금은 버릇없어 보이더라도 도전적인 사람을 선호한다. 자신의 약점을 당당하게 인정할 줄 아는 사람을 좋아한다. 내가 비록 이런 약점을 가지고 있지만 나는 그것을 이렇게 장점으로 바꿀 수 있다고 자신 있게 말할 수 있는 사람 말이다. 이런 자신감은 아마도 두둑한 배짱에서 나올 것이다. '배짱'이란 쓸데없는 오기가 아니라 용기와 도전정신, 힘든 상황에 처했을 때 버텨내는 힘을 가졌다는 얘기다. 다시 말해 개성과 주관이 뚜렷한 사람이다. 이런 사람을 다루기란 여간 힘든 게 아니다.

하지만 직원을 채용한다는 것은 주인의 말에 무조건 순종하는 하인을 구하는 것이 아니라 21세기 무한경쟁 시대 속에서 살아남을 수 있는 전사를 뽑는 것과 같다. 어떤 상황에서든지 누구하고든 맞서 싸울 수 있는 전사가 필요하다. 이런 도전적인 전사의 성격을 가진 직원은 경영자 자신에게도 큰 유익을 준다. 무슨 일이든지 저돌적으로 밀어붙이는 그로 인해 경영자는 많은 도전을 받을 것이고, 또 그것으로 많은 점들이 개선될 것임은 분명한 일이다.

영업사원에게 있어서는 이와 같은 성격이 더욱 절실하다. 소심하게 뒤로 물러서기를 좋아한다면 어떻게 철옹성 같은 거래처들을 뚫을 수 있단 말인가. 하지만 누구나 그런 도전적인 성격을 타고 날 수는 없다. 특히 우리나라처럼 가정에서나 학교에서 순종적인 교육만을 받아온 상황에서는 더욱 그렇다. 즉 부모 말씀에 순종하고, 선생님 말씀 잘 들어야만 모범생으로 대우받는 우리네 교육환경 속에서 주관이 뚜렷한 사람으로 성장하기란 결코 쉽지 않다.

사실 우리의 억압적이고 권위주의적인 교육은 도전 의식과 창의성을 길러주지 못하고 '붕어빵' 인재만을 양산하고 있는 실정이다. 그러므로 우리 자식들부터 스스로 일어설 수 있는, 자기 스스로를 책임질 수 있는 사람으로 키워가야 할 것이다. 그래야만 21세기 글로벌 경쟁 속에서 개인이든 국가든 살아남을 수 있다.

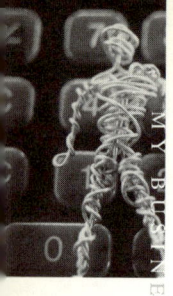

장사꾼이 아니라 사업가가 되자

사업가에게 있어서 가장 중요한 것은 수완보다 신용이라고 생각한다. 사실 우리나라처럼 편법이 잘 통하는 사회에서 사업을 하다보면 눈앞의 잇속을 챙기는 적당한 수완이 더 빛을 발할 때가 많다. 하지만 적당한 수완과 편법에 의지한다면 그 사람은 한낱 장사꾼에 불과하다.

돌이켜보면 나는 약간의 이익을 챙기기 위해 신용으로 지속해 온 거래처를 저버린 적이 한번도 없었다. 비록 우리 회사에 큰 손해가 되더라도 신용을 지키려고 애를 썼다. 신용을 지키기 위해 내가 가장 염두에 두었던 것은 바로 '약속이행'이었다. 즉 나는 수표보다 말로 한 약속을 더 잘 지키려고 노력했다. 이런 나의 행동을 몇 번 지켜본 거래처에서도 내가 약속이라면 어떠한 일이 있어도 지키는 사람이라는 것을 알아줬다. 그것은 서로에 대한 신뢰를 더욱 단단하게 맺어줬고 그 신뢰의 토대 위에 지금의 한국유나이티드제약이 굳건히 서게 된 것이다.

그러나 사실 수십 년 사업을 해오면서 신용을 지키려는 내 뒷통수를 때린 적이 몇번 아니, 여러 번 있었다. 한 번은 거래처와의 납품 기일을 지키기 위해 밤샘 작업까지 해가면서 열심히 했다. 그런데 그 거래처는 다른 회사가 우리보다 조금 나은 조건을 제시하자 우리와 그동안 쌓아왔던 신용을 헌신짝처럼 버리고, 그쪽을 선택했다. 이미 제품은 거의 다 완성된 상태라 우리 회사는 치명적인 타격을 입었다. 기업의 생리가 조금이라도 이윤을 많이 남기는 것이니 당연한 것 아니냐고 반문한다면 할 말이 없다. 하지만 인간에게는 지킬 건 지켜야 할 의무가 있다. 그래야 이 사회가 궤도이탈 없이 제대로 진행될 것이기 때문이다.

그런데 안타깝게도 지금 우리 사회는 거대한 불신과 불의 속에서 움직이고 있다. 모두가 그럴듯한 말들로 신용 사회를 흉내 내고 있지만, 그것은 단지 액세서리에 불과할 뿐이다. 그런데도 그것으로 인해 사회가 썩어가고 있음을 알지 못한다. 그것이 이 사회의 발전을 얼마나 가로막고 있는지 알지 못한다. 아니 알면서도 애써 외면하고 있는 것이다. 정부에서부터 언론, 민간 기업에서 개개인에게 이르기까지 모두 마찬가지다.

하지만 신용은 결코 액세서리가 아니다. 사회 전체를 지탱해주는 중심이다. 사회 전체에 피가 제대로 돌게 하는, 그래서 사회 전체를 활기차게 하는 에너지다. 근본적인 분위기를 바꿔야 한다. 그러면 누가 고양이 목에 방울을 달 것인가. 그것은 우리 자신이 해야 하지 않을까? 우리 자신이 정신적 쿠데타를 일으켜야 한다. 나 자신부터 신용을 철저히 지킴으로써 다가올 불이익을 퇴치해야 한다. 내가 정말 사심을 버리고 공동체를 위해 작은 일이라도 할 각오가 되어 있는지 그것부터 따져봐야 할 것

이다. 그렇지 못하다면 다른 사람을 비난하기는커녕 불평조차
도 해서는 안 될 것이다.

부정적인 말은 실패와 직결된다

나는 일단 어떤 일을 해야겠다고 판단이 서면 바로 그 일에 착수한다. 모두들 불가능하다고 반대를 해도 내가 판단해서 된다고 생각이 들면 그 즉시로 밀어붙이는 스타일이다.

내 안에는 항상 무슨 일이든지 '하면 된다'는 자신감에 불타고 있었다. 하지만 사업을 하다보면 순탄하지 못할 때도 많고, 어려움에 직면할 때도 많다. 그때마다 나는 부정적인 패배의식에 젖지 않으려 노력했다. 그것은 곧 완전한 실패와 직결되는 것이다.

우리를 가장 먼저 패배의식에 젖게 하는 건 바로 말이다. 말을 부정적으로 하게 되면 그 말은 어느새 우리의 생각을 사로잡게 된다. 때문에 성경에서는 세 치 혀에 죽고 사는 권세가 달렸다고 했다. 그 만큼 말이 중요하단 얘기다. 커다란 항공모함도 작은 키에 의해 그 방향이 결정되는 것처럼 인생의 운명도 말을 어떻게 하느냐에 달려 있다고 해도 과언이 아니다.

그래서 나는 누군가 '사업이 망하게 되어서 안됐다'고 위로의 말이라도 건네면 곧 '망한 게 아니라 잠깐 어려운 것 뿐'이라고 고쳐 말할 정도로 말을 철저하게 긍정적으로 하려고 노력했다. 그래서 윗사람이 뭔가를 지시했을 때 그것을 해낼 방법을 찾기도 전에 '할 수 없다'고 단정적으로 이야기하는 사람을 좋게 평가하지 않는다. 무작정 '할 수 있다'고 호언장담하는 것도 문제지만 부정적인 시각으로 모든 문제를 바라보는 것도 바람직하지 않다.

또 말에 있어서 우리가 주의해야 할 것은 남을 헐뜯는 험담이라고 생각한다. 우리는 가끔 주변의 사람들, 특히 경쟁자들의 험담을 하고 싶은 유혹을 느낄 때가 있다. 하지만 그것은 절대로 자신에게 유익이 되지 못한다는 사실을 알아야 할 것이다. 오히려 자신의 입지만 약화시킬 뿐이다.

그런데 남의 험담을 즐겨하는 사람들은 대부분 객관적인 데이터에 의해 상대방을 판단하기보다는 자신의 주관적인 편견에 의해 사람을 판단하는 경향이 짙다. 그러다 보니까 있는 그대로를 전하는 것이 아니라 자신의 주관적인 해석을 담아서 부풀려이야기하기가 쉽다. 그렇게 심심풀이로 몇 번 이야기 한 것이 어느새 악성 루머로 변질되어 그 사람을 곤경에 빠뜨리게 되기도 한다. 악성 루머는 때때로 잘 나가는 기업을 쓰러뜨리기도 하고 아무런 잘못 없는 사람을 죄인으로 만들기도 하기 때문에 참으로 위험천만한 일이 아닐 수 없다. 때문에 나는 남의 험담을 즐겨하는 사람과는 가까이 하려 하지 않는다. 그런 사람은 틀림없이 나의 험담을 다른 사람에게 하고 다닐 것이 분명하다.

WTO와 무역장벽

지금 세계 시장은 뜨겁게 달궈지고 있다. 이전 GATT체제 하에서 미국을 중심으로 한 선진국들은 개발도상국에게 많은 무역 혜택을 줬었다. 그러다 보니 개발도상국들이 생산과 가격면에서 경쟁력을 확보해서 선진국을 금방이라도 따라잡을 듯했다. 그러자 선진국들은 위기 의식을 느끼고 GATT체제를 WTO체제로 무역질서를 새롭게 바꿨다.

새로이 개편된 WTO체제는 거인과 난쟁이가 함께 싸우는 정글의 법칙이 적용된다. 따라서 후진국이 그동안 누릴 수 있었던 저임금, 가격덤핑 등의 무기는 봉쇄됐고 선진국들은 고도의 지적 소속권, 금융거래 등으로 한창 발전에 가속도를 붙이고 있던 개발도상국을 일시에 무력화시키고 있다.

이것이 바로 많은 시민단체들이 보는 시각이다. 때문에 이들 단체들은 경제회의나 국제통상회의가 있는 곳에서 격렬한 항의 시위를 통해 선진국이 주장하는 세계화 경제에 반발하고 있다. 이처럼 세계 각국은 새로이 전개된 무역 전쟁에서 살벌한 생존경쟁을 벌이고 있다.

특히 선진국은 외형적으로는 개방 정책을 쓰는 것처럼 보이지만 그 이면에는 자국 산업을 보호하기 위해 지적 소유권, 덤핑제소 등을 활용하고 있다. 이를 잘 모르고 있는 개발도상국들은 모든 것을 자유화, 개방화로 나가고 있다. 혹 그것을 알고 있더라도 선진국의 경제적 압박 때문에 어쩔 수 없어 문호를 개방하고 있다. 따라서 선진국들은 개발도상국들에게 개방화, 자유화의 압력을 더욱 높이는 한편 유능한 행정과 민간기업, 학자들이 연합해 비공식적으로 무역 방어장벽을 쌓아가고 있다. 이것이 완벽하게 이뤄지면 전세계는 자연스럽게 완전한 자유화로 갈 수 있게 된다.

이와 같은 추세에 우리나라 제약산업도 예외가 될 수 없다. 미국, 일본, 유럽 등 선진국의 의약품 시장 점유율은 90% 정도다. 실제 제약산업은 관세법상으로는 자유화 품목이기 때문에 무관세다. 하지만 선진국, 특히 미국의 F.D.A(식품의약국)는 10년 이상 걸려야 허가가 나오도록 되어 있다. 그리고 유럽은 회원국을 만들어 그들 제품만 수입할 수 있도록 되어 있다. 이것이 바로 PIC(의약품검사협약)라는 제도다. 결국 의약품 거래에 있어 우리나라 기관에서 수입 허가가 조금이라도 늦게 나오면 호통을 치며 WTO에 항의한다고 몰아세우면서 정작 우리 제품은 수출이 원천적으로 봉쇄되고 있는 실정이다. 이것이 바로 WTO의 실상이다. 그렇다고 해서 우리가 속수무책으로 외국 약품의 수입을 허용한다면 우리 국내 제약산업은 망하게 될 것이다. 일단 자국의 제약산업이 망하게 되면 국민의 건강이 외국 기업에 의해 좌우될 수밖에 없다. 국민들은 목숨을 구하기 위해 어쩔 수 없이 비싼 가격의 약을 구입해야 한다. 돈이 없어 목숨을 포기해야 하는 경우도 생길 것이다. 결국 국민의 생존권이 위협받게 되는 것이다.

지금 우리 국내 제약산업은 WTO장벽뿐만 아니라 의약분업 이후 오리지널 의약품 선호로 인해 더욱 큰 위기를 맞고 있다. 아무리 의료보험료를 인상한다 해도 외국산 오리지널 의약품만을 고집한다면 국내 제약산업에게 살 길은 없다. 따라서 정부는 마땅한 대안을 찾아야 한다. 그 대안으로 먼저 제약 산업은 해외 수출로 그 활로를 찾아야 할 것이다. 그리고 신제품 개발에 많은 투자를 해야 한다. 또한 정부는 생명공학 산업에 정책적인 투자와 육성 방안을 내놓아야 한다. 왜냐하면 미래 세계산업에서는 IT(정보기술)산업과 BT(생명기술)산업이 두 축을 이룰 것이기 때문이다.

지나친 국수주의적인 이야기라고 할 수도 있겠지만 한국인 의사가 한국인이 만든 의약품으로 한국인의 병을 치료해야 된다. 이것만이 의약품을 무기화하고 있는 세계적 추세에서 우리의 건강을 지켜 낼 수 있는 방안이라고 나는 확신한다. 이를 위해 국·공립 병원에서부터 외국산 오리지널 의약품 이외에 최소 1품목 이상 동등한 품질의 국산의약품도 사용하도록 정책 변경을 해야 한다. 나는 이것이 현재의 막대한 의료보험 재정 적자를 해결하고, 국내 제약산업과 의료계 전체를 지킬 수 있는 방법이라고 생각한다. 또한 이를 통해 의료보험료 인상을 막아 국민의 생계를 도와줄 수 있는 최선의 길이라고 생각한다.

한국 제약업계 패러다임을 바꾸자

중세 산업혁명 당시 100년 동안 변화했던 것이 요즘은 1년만에 변화될 만큼 세상이 너무도 급하게 변화하고 있다. 삼십년 전에는 '범표신발' 이라고 하면 모르는 사람이 없었다. 또 '기차표 신발' 도 너무나 유명한 상표였다. 이런 유명 신발 회사들이 어느날 갑자기 사라져 버렸다. 우리도 모르던 사이에 은근슬쩍 미국의 유명 신발회사들이 하나둘씩 잠식해 들어와 우리 고유 브랜드신발은 발 붙일 곳이 없게 됐다. 또 천우사와 한국의 제일부자 박흥식의 화신산업 등도 어처구니 없이 사라졌다.

최근에도 대기업 중 내노라하는 H그룹, K증권, H약품 등 이루 말할 수 없이 많은 기업들이 쓰러지고 있다. 이런 추세로 가면 제약회사는 물론이고 약국, 병원, 의원까지 모두 안전하다고 장담할 수 없다. 이제 정말로 우리가 정신을 차려야 할 것이다.

왜 이런 사태가 벌어지는 것일까? 여기에는 한 가지 이유가 항상 뒤따른다. 이는 바로 미래를 대비하고 변화에 대응하는 대처 능력을 키우지 않아서 그런 것이다. 또 미래를 내다보는 경영자의 거시적인 안목이 부족했고 그에 따른 종업원의 교육도 제대로 이뤄지지 않았다. 즉 변화의 급류를 타고 있는 시대 흐름에 부응하지 못하고 현실에만 안주하고 있었다.

이와 같은 거시적인 안목의 부재와 마케팅 능력 부족은 제약업계도 예외는 아니다. 100년의 역사를 가지고 있으며 고부가가치 산업인 제약업계에서 아직도 세계적인 기업이 배출되지 못하고 있다는 사실이 이를 반증한다고 하겠다. 우리가 정말 정신을 차려야겠다. 대기업과 큰 회사들이 하루 아침에 문을 닫고 사라져 가는 상황에서 앞으로 제약회사는 물론이고 약국과 병원까지 모두 안전하다고 그 누가 장담하겠는가.

요즘 매일같이 목소리가 쉬도록 직원들에게 수금을 독려하고 있다. 하지만 반품은 쏟아지고 수금하러 가면 의원은 휴업 중이라고 한다. 그래서 수금을 할 수 없고 매출도 계속해서 줄고 있다며 영업 상무가 죽는 소리를 한다. 그런데 이게 웬일인가. 외국합작 제약사들은 지난 6월달 매출이 300~400%나 늘었다고 한다. 그들은 약이 없어서 먼지까지 팔 지경이라고 호강에 겨운 비명을 지르고 있다.

IMF 때 엑스레이 필름과 수입 의약품, 수입 의료기계 등에 심각한 파동이 있었다. 그때 나는 많은 의사들로부터 항의를 받았다. 왜 그런 것도 아직 국산으로 만들어 내지 못하냐고 심하게 질타를 했다. 형편이 좋을 때는 우리 것은 질이 떨어진다며 외국산만 찾던 의사들이 어렵게 되니까 그때서야 우리 기술력 탓을 하는 것이었다. 이것이 우리의 현실이다. 수입의 판로가 조금이라도 흔들리게 되면 우리 경제 전반에 큰 타격을 입게 되어 있다. 그만큼 외국 의존도가 높다는 얘기다.

이런 한심한 상황은 제약업계도 마찬가지다. 이제 우리 한국 제약업계도 패러다임을 바꿔야 한다. 외국 브랜드와 제휴하고 원료까지 수입해서 비싼 값에 팔아먹던 구시대적 판매전략으로는 승산이 없다. 외국 회사와 제휴기간이 끝나면 그동안의 노고는 모두 물거품으로 사라지고 말 것이 뻔하다.

하지만 우리 제약협회의 발 빠르지 못한 대처도 문제가 아닐 수 없다. 얼마 전 외국투자업체들은 자신들의 이익을 지키기 위해 이익단체를 만들어 독립을 했다. 작년 10월 다국적 의약산업협회(KRPIA)가 25개사를 회원사로 새로운 법인으로 인가를 받았다. 그들은 단결해서 외국 기업들의 이익을 위해 지금도 열심히 로비를 하고 있다. 그런데 우리 제약협회는 내부에서부터 의견 통일이 이뤄지지 않고 있다. 각자의 목소리가 너무 높다. 결국 그들은 달리고 있는데 우리는 스스로 손발을 묶고 있는 형국이니 이런 상황에서 무슨 경쟁이 제대로 되겠는가.

우리 기업의 이익을 대변해 줄 수 있는 제약협회가 되어야 한다. 중소제약기업들의 열악한 상황을 제 일처럼 생각하고 도와줄 수 있는 그런 단체로 거듭나야 할 것이다. 그래야 제약협회도 살고 우리 제약기업들도 살 수 있다.

우리 신약 개발에 승부를 걸자

요즘 제약업계에서는 오리지널과 카피에 관한 논쟁이 한창이다. 외국 회사의 '오리지널' 제품은 연구 개발비가 많이 들어갔기 때문에 정부에서 정한 보험약가가 비싸도 당연하고, '카피' 제품은 저렴해도 폭리라는 것이다. 한국인이 주인된 다국적 제약기업을 이뤄 보겠다고 애쓰고 있는 제약업계의 한 사람으로서 이런 얘기를 들을 때마다 가슴이 아프지 않을 수 없다.

나는 의약품에 있어서 카피라는 표현은 합당치 않다고 생각한다. 이태원의 가게들에는 카피 제품이 판을 치고 있다. 카피 제품이란 유명 상표의 제품과 똑같이 만들어 어느 것이 진짜인지 분간할 수 없도록 만든 모조품을 말한다. 이것은 상표를 도용한 것일 뿐만 아니라 명백한 재산권 침해 행위가 된다. 요즘은 '짝퉁'이라고 불리우며 전문가들도 오리지널과 분간하기 힘들만큼 똑같이 만들어진 제품도 있지만, 대부분은 오리지널 제품에 비해 품질이 조잡하고 싸구려 같다는 인식을 갖는 것이 보통이다.

하지만 의약품의 경우는 이와 전혀 다르다. 제약회사는 모두

K.P.(한국 정부가 정한 약전)와 U.S.P.(미국 식품의약국이 정한 약전) 등에 따라 한국 규격과 세계 규격에 맞게 약품을 만들고 있다. 즉 정해진 규격에 따라 약품을 만들어 사전 사후 검열을 받는다. 여기서 규격에 미달되는 약품의 경우는 생산이 취소되고 판매가 금지되는 등 엄격한 규제를 받게 된다. 다시 말해 약품에 있어서는 '오리지널' 이라고 주장하는 외국산 제품이나, '카피' 라고 지탄받는 국내산 제품이나 모두 동일한 품질 가이드 라인에 의해서 만들어지며 관리되고 있는 '규격품' 이라는 얘기다.

그렇지만 우리 국산약 중에서 선진국이 인정하는 신약은 아직까지 없다. 왜냐면 우리 제약업계가 초기 단계부터 외국에서 원료를 들여와 외국 기업의 상표가 붙여 외국제품처럼 광고해서 팔고 로열티를 지불하는 것을 당연한 것으로 여겨 왔기 때문이다. 이처럼 외국에서 원료와 기술 그리고 상표까지 들여와서 오리지널 약품으로 판매하면 쉽게 돈을 벌 수 있다. 그러나 이 오리지널 약품의 판매 이익은 거의 대부분 외국의 개발사에게로 돌아가게 된다. 그러니 국내 제약사가 이익을 얻으려면 자연히 약값을 높게 책정할 수밖에 없다. 높은 약값은 고스란히 소비자들의 부담으로 떠넘겨지게 된다. 게다가 국내 제약사가 열심히 홍보를 해서 약품이 잘 팔리게 되면 외국 기업은 계약 기간 만료를 기점으로 자신들이 직접 새 법인을 만들어 제품을 판매하기 시작한다. 이렇게 되면 여지껏 그 제품의 홍보와 판매에 힘을 쏟아왔던 국내 제약사에게는 남는 게 아무 것도 없다. 그

동안 외국 기업의 꼭두각시 노릇만 했을 뿐이다.

이처럼 반복되는 과정 속에서 외국 다국적 제약기업은 크게 성장했고, 우리나라 제약업은 제자리 걷기만 반복하고 있다. 오히려 독자적인 제품 개발이 뒤떨어져 다국적 기업의 종속적인 위치에 놓이게 된 것이다.

그런데 이와 같이 열악한 상황에서 의약 분업을 이유로 의사들이나 병원에서 오리지널 약품 사용만을 고집한다면 한국 제약산업은 더 이상 발전할 수가 없다. 발전은 고사하고 한국 제약업 전체가 붕괴될 위기에 직면하게 될 것이 분명하다. 국내 제약회사가 모두 쓰러져 외국 제약회사에 전적으로 의존하게 된다면 그때부터 우리 국민은 생명을 외국인의 손에 맡기게 되는 것과 마찬가지다. 약값도 외국 제약사 마음대로 결정할 수 있기 때문에 높은 약값을 요구해도 우리는 살기 위해 그 많은 돈을 지불할 수밖에 없는 매우 불리한 입장에 놓이게 되는 것이다.

이렇게 되지 않으려면 국내 제약회사들이 신약개발에 전력을 다해야 한다. 물론 신약 개발하는데 많은 연구개발비와 시간이 소요되지만 그것을 참고 인내하며 이겨낼 때 우리는 스스로 우리의 생명을 책임질 수 있게 될 것이다. 이것만이 국내 제약업계와 우리 국민 모두가 함께 살 길이다.

하지만 우물 안 개구리처럼 국내만 공략해서는 승산이 없다. 우리 기술로 원료를 개발하고 완제품을 만들어 세계 시장을 공략해야만 살아남을 수 있다. 이제 우리도 우리 상표를 달고 생물학적 동등성 실험까지 모두 마친 오리지널 약품을 수출해야만 한다. 이를 위해 정부도 나서야 할 것이다. 정부는 우리 제약업계가 신약을 개발할 수 있도록 여건과 환경을 조성해 주어야 한다. 제약업계의 어려움을 먼저 해소해 주고 국제 시장 개척을 위한 마케팅과 국외 박람회 참가 등에도 지원을 아끼지 말아야 할 것이다.

이러한 관심과 배려 속에서 마침내 우리 기술로 개발된 우수한 신약품이 탄생된다면 그것은 자동차 몇 백만 대 수출과 맞먹는 미래의 효자산업이 될 것이다. 이것이야말로 국민 의료복지 수준 향상과 함께 한국의 산업을 발전시키는 일석이조의 길이 아닐 수 없다.

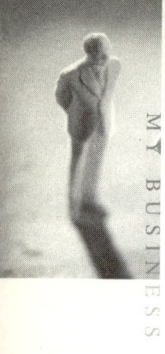

知彼知己면 百戰百勝이다

　우리는 최근 단독으로 미국 앨러버머주 루번시에 유나이티드 더글라스 제약이라는 미국 회사를 설립, FDA(미연방 식약청) 기준에 맞는 공장을 짓고 있다. 그래서 건설현장도 둘러볼 겸 시장조사도 하기 위해서 미국에 자주 간다. 그러다 보니 자연히 미국 제약 공장을 둘러볼 기회를 많이 갖게 됐다.

　사실 미국에도 한 공장에서 완제품까지 모두 만들 수 있도록 설비를 갖추고 있는 회사가 그리 많지 않다. 요즘은 대개 정제만 하거나 실험만 하거나 아니면 포장만 하는 등 전문성을 갖춰 분화된 형태로 나아가는 추세를 보이고 있다. 우리도 앞으로는 이와 같은 형태로 변화되어야 외국 제약회사들과의 경쟁력을 확보할 수 있을 것이다.

　이런 관점에서 본다면 현재 우리나라의 GMP(우수의약품제조관리기준) 설비는 과잉투자되는 면이 없지 않다. 그러니 우리나라 설비 수준이 선진국보다 떨어져서 기술이 뒤지는 것이라고만 말 할 수 없다.

　나는 미국에 가면 의약품 견본도 구하고 요즘 어떤 약이 뜨고 있는지를 살펴보기 위해 꼭 슈퍼마켓에 들른다. 우리나라와 달리 미국에는 슈퍼마켓에서도 약품이 판매되는데 대개 한 성분에 약 5개 정도의 카피 품목과 오리지널이 함께 비치되어 있다. 카피 품목과 오리지널과의 가격 차이는 10%에서 30%까지 정도 난다. 카피 품목 중에는 슈퍼체인에서 직접 생산한 브랜드도 있다. 이는 제약회사가 아닌 슈퍼체인에서 OEM방식으로 카피 품목을 하청줘서 생산해 내는 것이기에 가격이 저렴하다. 게다가 이것들은 슈퍼체인 고유의 판매망을 이용하므로 물류 비용까지 절약되니 그 만큼 가격은 더 내려가게 된다.

슈퍼체인 고유의 브랜드를 붙인 약품이 가격이 저렴할 뿐 아니라 제일 좋은 위치에 놓이기 때문에 가장 잘 팔릴 수밖에 없다. 그러니 이렇게 약품을 생산해서 판매하는 슈퍼체인은 큰 호황을 누리는 반면 제약회사들은 고전을 면하지 못하고 있다. 그래서 요즘 미국에서는 제약회사들이 신약품을 개발해서 분업화된 공장에 위탁 생산해서 판매하는 방식이 성행하고 있다. 이는 세계적인 추세이기도 하다. 유럽에서도 임금이 저렴한 제3세계에 위탁생산하는 OEM제도를 많이 도입되고 있는 실정이다.

미국에서는 요즘 많은 특허의 약품이 줄어들고 제너릭 약품으로 바뀌고 있는 추세다. 제너릭 제품 판매 비율이 매년 3% 이상씩 상승하고 있다. 왜냐하면 이미 클린턴 대통령이 과다한 의료재정을 감당하기 어려워 국민들의 의료복지 차원에서 비싼 오리지널 대신 제너릭 제품을 권장하는 정책을 채택했기 때문이다. 카피, 즉 제너릭 약품이란 특허가 끝난 제품을 말하며 오리지널 약품은 특허권의 보호를 받는 약품이기 때문에 제너릭 약품보다 10배 가량 비싸게 팔린다.

지금 미국에는 비싼 오리지널 약품을 사용하면 의료보험공단에서 보험수가를 삭감하고 그 차액을 의사가 보상토록 하는 지방 정부도 있다고 한다. 이 여파로 다국적 제약사의 매출이 줄어들게 되자 합병을 추진하고 해외시장 개척에 다시 열을 올리고 있는 것이다.

우리는 이와 같은 세계적인 흐름을 파악하는 일을 게을리 해서는 안 될 것이다. 지피지기(知彼知己)면 백전백승(百戰百勝)이라고 하지 않았던가. 변화를 잘 알아야만 우리나라도 그에 적절하게 대처할 수 있기 때문이다.

하늘은 스스로 돕는 자를 돕는다

우리는 지금 의료보험 재정의 고갈로 의료보험비 상승이 불가피한 상황이다. 이에 대한 불만의 목소리가 높다. 여기에는 여러 가지 이유가 있겠지만 나는 의약분업 이후 의료계에서 지나치게 오리지널 약품만을 선호하게 되면서 그 적자폭이 더 커지게 된 것이 아닌가 하는 생각이 든다. 그래서 최근 선진국에서는 신약 개발에도 주력하면서 건강식품 사용도 함께 권장하고 있다. 때문에 미국에서는 인삼, 은행잎, 마늘 등이 잘 팔리고 있다고 한다. 이는 의료보험 재정의 투자를 최소화하려는 정책과 무관치 않다. 국민의 건강을 비싼 약에만 의존할 것이 아니라 건강 식품과 적당한 운동, 금연 등 질병을 사전에 예방하는 차원에서 지켜야 한다는 보건 정책의 일환이라고 볼 수 있다. 우리도 이런 정책을 적극 검토해야 할 것 같다. 이런 어려운 상황을 함께 극복해 나갈 지혜를 모아야 할 때다.

하지만 현실적으로 우리 의료계의 상황은 결코 낙관적이지 않다. 현재 우리 제약산업의 제반 여건이나 상황으로 볼 때 매우 힘든 상황임에는 틀림없다. 과거처럼 애국심에만 호소해서는 현재의 어려운 상황을 극복할 수 없다. 왜냐면 세계화가 추진되고 있는 상황에서 우리 것만 보호하겠다고 하면 금방 선진국의 보복이 뒤따를 것이기 때문이다.

그러나 하늘은 스스로 돕는 자를 돕는다고 하지 않았던가. 성경 말씀에 '두드려라! 그러면 열릴 것'이라고 했다. 우리는 이 말씀대로 열심히 문을 두드려야 한다. 우리의 뜻과 정성이 선한 곳에 있다면 희망의 문은 분명 열릴 것이다. 우리가 힘을 모아 살 길을 찾을 때 하늘도 무심하지는 않을 것이다.

실제적으로 제약회사와 병원, 의원, 약국은 서로 돕고 협조해야 할 협력자다. 그러나 의약분업 시행 이후 제약회사는 제약회사대로, 병원은 병원대로, 약국은 약국대로 각자 살 궁리 찾기에 바쁘다. 기업의 목적이 이윤 창출에 있다는 점을 상기한다면 어쩌면 당연한 일인지 모른다.

하지만 나는 우리 의료계에게 지역의사회 품목 선정시 한국 제약업을 살리는 방법을 우선적으로 채택해 주기를 부탁하고 싶다. 아울러 제약협회나 정부도 제약산업을 큰 테두리 안에서 보호하여 세계적인 경쟁력을 지닐 수 있도록 정책 수립시 고려해 주기를 바란다. 이는 의료보험 인상, 의료재정 고갈 문제를 해결하기 위해서는 필수적인 요소라고 생각한다.

또한 국공립 병원에서는 질 좋은 국산 의약품을 우선적으로 구입해야 한다. 그리고 제약업에 종사하는 기업들은 하루 빨리 기술력과 마케팅 인재를 길러야 한다. 아울러 해외 현지 마케팅을 위한 시설 투자와 최신 해외 의약 정보를 얻도록 노력해야 할 것이다. 이와 함께 대한무역투자진흥공사 등 관련 기관들은 생명공학산업의 중요성을 인식하여 최신 정보를 수집·제공하여 국내 제약업이 세계 시장으로 진출할 수 있도록 교두보 역할을 수행해 주기를 바라는 바다.

21세기는 마케팅 시대이기 때문에 세계로 마케팅망을 넓히지 않고는 아무리 좋은 신약을 개발해도 소용이 없다. 따라서 세계 마케팅, 세계 경영 없이는 한국 기업이 살 수 없음을 깊이 인식해야 할 때다. 이것만이 우리 모두가 함께 살 수 있는 길이기도 하다.

제약협회의 '호소'는 박수를 보낼 일이다. 의료계를 의식하지 않을 수 없는 협회장의 결단은 복지부장관을 지낸 경륜의 판단일 것이다. 최근 이와 관련해 청와대에서는 대통령 직속 의료제도개혁 특별위원회와 약사제도 및 보건산업발전 특별위원회를 구성하여 한국제약산업이 붕괴되지 않도록 노력하겠다는 의지가 발표될 것으로 알려지고 있어 반갑기 그지없다.

나는 개인적으로 외국 다국적 제약회사들을 고맙게 생각한다. 왜냐면 불모지나 다름없었던 우리 제약업계에 기술과 마케팅을 전수해 주었고, 그래도 우리가 이만큼 성장할 수 있도록 큰 공헌을 했다고 보기 때문이다. 그들 덕분에 우리 제약회사들이 신약 개발 수준은 그에 못 미쳐도 제조 기술만은 세계적 수준에 오르지 않았던가.

이렇게 세계화에 동참한 한국유나이티드제약은 전세계에 뿌리를 내려 우리가 가진 선한 기업의 모습을 그들에게 각인시켜야 한다. 지금 우리는 그것을 실천하는 하나의 과정을 거치고 있다.

내가 열심히 일하는 것은 나와 나의 가족 그리고 국가와 인류에 도움을 주고 있다는 생각을 잠시도 잊어서는 안 된다. 그리고 우리가 생산하는 의약품이 인간의 생명을 지켜준다는 사명감을 갖고 일할 때 우리는 자신의 정직하고 보람찬 인생을 설계할 수 있는 것이다. 즉 스스로 하는 일이 보람있다고 느껴질 때 그 만큼 국가의 장래는 밝아질 것이다.

우리 모두 희망의 문을 활짝 열 수 있도록 모든 일에 전문가가 되어 주어진 역할을 잘 수행하자. 우리는 그 희망의 문을 창간호의 첫 페이지를 펼치듯이 힘차게 열어보자.

며칠 전 신문에 참 이상한 광고를 보았다. "대통령님 보십시요"라는 제목의 광고였다. 내용인 즉 위장약 잔탁은 677원이고, 똑같은 효능의 한국약은 301원이라는 것이 너무도 부당하다는 얘기였다. 그 광고를 한참 들여다보고 있으려니까 눈물이 핑 돌았다.

같은 제약업에 종사하는 사람으로 그 광고를 낸 사람의 심정을 충분히 이해할 수 있었기 때문이다. 원가는 똑같은데도 잔탁은 연구비가 들어가서 677원이고, 한국약은 그렇지 않아 301원이라는 말이다. 사실 처음에 모두 600원대였다. 마진 30%, 50%를 주다보니 보사부에 걸려 600원이 500원 되고 또 30% 깎아 주다 보니 400원 되고 300원 됐다. 오리지널 약은 마진을 잘 안주니 보험약가는 안 깎였다. 사실 로칼 제약사 마진은 병원, 약국 운영에 많은 도움을 주었다. 그리고 앞으로도 계속 돕고 협조할 협력자다. 깨지고 터지고 못나도 말이다. 누가 친구인지 누가 동반자인지 한번쯤 짚고 넘어갔으면 한다. 감히 의사에게 덤벼드냐고 할지도 모르겠지만 잘못 된 건 나라님께 이야기해야 직성이 풀린다.

세계의 제약 시장은 한마디로 정글의 법칙이 적용되는 약육강식의 시장이다. 세계에서 자국의 제약회사가 자국민이 필요로 하는 의약품을 생산 할 수 있는 국가는 지구상에서 미국과 유럽 정도이고 아시아권에서는 일본과 한국뿐이다. 이 국가들은 외국기업이 다 물러가도 스스로 국민의 건강을 지킬 수 있는 국가이다. 그리고 나머지 국가는 외국 오리지널회사에 목을 매달고 있다.

대만도 오래 전에 두 손 들고 말았고, 필리핀, 페루, 칠레 모두 마찬가지다. 다만 저가 의약품인 소화제, 진통제 등만 자국기업에서 생산할 뿐이다. 그래서 우리회사의 약품이 수출이 잘 되고 있는가 보다.

우리나라 신약 개발만 외국에 뒤지고 있을 뿐 원료 갖다가 약을 만드는 기술력은 뛰어나다. 그러나 남의 일 같지만 외국자본이 침투한 할인점에서 진열되게 된다면 한국제약기업은 정말 어려워진다. 그리고 의사도 슈퍼마켓 문제는 약사, 제약사 등 한국사람의 밥줄에 관한 문제인데 제발 다시 한번 검토해주시면 어떨까 생각한다. 우리 모두 따지고 보면 형님, 동생 사이가 아닐까. 외국기업 장사속도 한번쯤 생각하길 부탁한다.

오리지널은 의사 볼펜 끝에서 나온다. 나는 항상 이런 생각을 가지고 30년 동안 직장생활과 사업을 해왔다. 아마 앞으로도 절대 변하지 않을 것이다.

3부 나의 길, 나의 신앙

한 알의 밀알이 떨어져 천 배의 열매를 맺는다

유년기 전신에 화상,
모친 기도로 완치 기적

만약 '하나님이 살아 계시며 지금 우리와 함께 하시고 성령으로 역사하고 계심을 믿습니까' 라고 당신에게 묻는다면 어떤 대답을 할 것인가. 예수를 모르는 분이라면 당연히 고개를 저을 것이지만 기독교인 중에도 이 사실을 믿지 못하는 경우가 의외로 많다.

며칠 전 회사 앞 식당에서 임원들과 식사하던 중 성경 창세기에 대한 이야기가 나왔다. 한 임원이 나에게 하나님이 세상을 창조한 것으로 믿느냐고 물었다. 자신은 약학을 전공했고 교회에도 나가고 성경도 잘 알지만 이런 비과학적인 것에는 동의할 수 없다는 이론을 전개했다. 요컨대 성경의 이야기를 믿지 못하겠다는 것이었다. 나는 단호하게 '하나님이 세상을 창조하시고 분명 살아 계신다'고 말해 줬다. 그러나 솔직히 우리 주변에서 이런 생각을 가지고 있는 많은 크리스천을 만날 수 있다. 사실 나도 이런 부류에 속했던 사람이었다. 그런데 어느 날 내가 찾은 놀라운 하나님의 진리는 내게 확고하고도 분명한 신앙관을 심어주었다. 그러므로 아직 부족하기만 한 나의 고백(간증)은 내가 그동안 겪어온 신앙의 시행착오를 통해 많은 분들에게 참된 진리이신 하나님을 만나는 데 작은 도움이라도 되었으면 하는 바람에서 출발한다.

서울 보문동 토박이인 나는 3남중 장남(아버지 강봉길, 어머니 이순성)이었다. 학생복 제조업을 했던 우리 가정은 비교적 부유한 편이었는데 내가 5세 때 6·25가 일어났다. 모두 피난길에 나섰는데 이때 나는 엄청난 사고를 만났다. 어머니께서 저녁식사로 커다란 냄비에 호박찌개를 끓이고 있었는데 그곳에 내가 빠진 것이다. 온몸에 극심한 화상을 입어 생명이 위독한 상태였다. 인민군은 밀려오고 아이는 죽게 됐으니 부모의 고통은 말할 수 없었을 것이다. 내 기억에도 너무 뜨거워서 벗은 채 온 동네를 뛰어 다녔던 것으로 생각된다. 모두들 내가 죽을 것이라고 측은해 했다. 지금도 죽음과 맞닥뜨렸던 그 때의 일이 생생하다. 당시 어머니는 저돌적이고 적극적인 신앙인이었는데 밤샘 기도를 시작한 것이다.

그 당시 약도 없어서 마당에 심어놓은 옥잠화잎으로 치료했다. 그리고 기도로 치료의 승부를 걸었다. 참으로 신기한 일이었다. 3개월 정도 지나 나는 완치됐고 지금도 내 피부는 손상된 곳 하나 없이 누구보다 희고 고운 피부를 유지하고 있다. 그리고 피난을 떠나지 못한 우리 식구들 중 어느 누구도 다치거나 죽은 사람이 없이 6·25를 무사히 넘겼다. 기도하는 사람이 있으면 하나님은 눈동자와 같이 지켜주신다는 것을 나는 몸소 겪었다. 치료하시는 하나님, 이런 하나님을 나는 확실히 믿고 있으며, 오늘도 살아계셔서 우리를 지켜주신다는 확신이 있다. 조금도 의심할 여지가 없다. 과학적으로 믿기 어렵다고 해도 나는 확신을 가지고 이야기할 수 있는 것은 우리의 삶 속에서 그 기적이 지금도 구체적으로 일어나고 있기 때문이다.

하나님은 당신을 찾는 이들을 도와주고 사랑해 주신다. 그래서 우리는 당신을 사랑하고 의지하고 믿는다고 고백을 할 수 있는 것이다. 이제 내 삶에 나타난 믿음의 증거를 구체적으로 찾아 나서 보려한다.

위대한 기도의 능력

　오늘의 내가 신앙인으로 또 사업가로서 자리잡고 나름대로 은혜롭고 성공적인 삶을 살게 된 것은 일차적으로 하나님의 은혜지만 그 가운데 어머니의 간절한 기도와 헌신이 밑거름이 됐다. 어머니는 내가 초등학교 3학년 때 소천하셨지만 정말 지독한 예수쟁이셨다. 매일 기도와 성경책 보는 일 외에는 하는 일이 거의 없으셨다. 왜냐하면 당시 폐병이라는 몹쓸 병에 걸리신 것이다. 집안은 넉넉했지만 절대로 약에 의존하지 않으시고 기도로만 치료하시겠다고 고집하셨고 그런 어머니를 아무도 말리지 못했다.

　외할머니는 딸이 측은하여 좋다는 약은 모두 가져다 주었으나 그 약들은 모두 쓰레기통으로 들어가고, 결국 어떠한 약도 드시지 않았다. 나는 어렸을 때 이런 어머니를 정말 이해할 수가 없었다. 제발 약을 드시고 원기를 회복하셨으면 얼마나 좋을까하는 생각을 자주 했다. 그러나 어머니에게는 기도와 찬송이 전부였다. 그리고 기도 내용은 불교 집안인 친정집 식구와 남편이 예수님을 믿게 해달라는 것이었다. 어린 마음에 참으로 황당한 생각이 들었다.

그리고 건강이 좋아지면 가끔씩 나를 데리고 기도원으로 가서 며칠씩 있다가 다시 건강이 악화되어서야 집으로 돌아와 밤새도록 기침을 하시고도 약을 안 드셨다. 그리고 원기가 다소 회복되면 다시 기도원에 가셨다. 아버지도 이런 어머니를 군말 한 마디 없이 뒷바라지하며 살고 계셨다. 참으로 대단한 분이셨다. 가끔은 화도 내셨지만 그래도 그런 부인을 사랑하고 잘 대해 주셨다. 지금 생각해 보아도 나는 도저히 그런 너그러움을 따라갈 수 없을 것 같다.

어머니는 봄, 가을에 수십 명의 교인들을 집으로 초청하여 가정부흥회를 열었고 모든 경비는 아버지가 후원해 주셨다. 그리고 아버지는 가끔 어머니께 금반지, 목걸이 등 패물을 선물하셨는데 몇 달이 지나면 패물은 하나 둘 없어졌다. 그 이유는 내가 잘 안다. 부흥집회가 끝나면 금반지는 헌금이 되고 패물은 숭인동 판자촌에 보내는 쌀로 변해 있었다. 그리고 다시 아버지가 패물을 해주시면 그것은 연탄으로 변해 있었다.

어머니는 결국 십여 년의 병마와의 싸움 끝에 돌아가셨다. 나는 어머니의 죽음으로 모든 것이 끝이라고 생각했다. 그러나 어머니의 죽음은 그걸로 끝이 아니었다. 그때 그렇게 염원했던 어머니의 기도가 비로소 이루어진 것이다. 완고했던 어머니의 친정집 전 식구가 기독교로 개종했고 지금은 외갓집 자손 어느 누구도 신자가 아닌 사람이 없다. 그리고 우리 집안도 모두 기독교인이다. 그리고 새로 들어오신 어머니의 친정집 형제들도 모두 기독교인들이다. 무의미하게 보이던 한 여인의 기도는 그 당시 쓸모 없어 보였지만 세월이 지나면서 그 위대한 기도의 힘을 알게 되었다. 한 알의 밀알이 땅에 떨어져 썩어서 몇백 배, 몇천 배의 열매를 맺는다는 것을 나는 나의 가족사를 통해 이야기하고 싶다. 물질의 축복과 함께 건강과 하나님의 축복이 몇 대까지 간다고 하는 것을 증명해 보여주었다. 하나님은 살아 계시고 간구하는 자에게 자손만대까지 축복하여 주시는 것을 나는 확신한다.

청년기의 신앙생활

　평범한 중·고등학교 생활을 거친 나는 대학생활을 통해 신앙에 눈을 떴다. 기독학생회에서 활동했고 YMCA가 주관하는 '하령회' 등에 참석해서 신신학을 접했다. 당시 유명했던 연세대 서남동 교수님은 자유신학을 가르치는 분이셨다. 그분은 지성인은 성경을 과학적이고 이성으로 받아들일 수 있는 부분만 인정한다는 신념을 가지고 신학을 강의했다. 구약성경은 문서설, 신화설 등 역사성을 강조하고 성서적 입장에서 성경을 해석했다. 그래서 나는 강의시간에 '교수님은 천당을 믿고 내세를 믿습니까'라고 당돌하게 질문했다.

　그때 서 교수님은 '나도 확실히 이 자리에서 이야기하기 곤란하다'고 했다. 이때 나는 '하나님이 없는 신학은 왜 필요하느냐'며 항의해 강의가 엉망이 됐다. 하나님이 없는 신학, 인간의 두뇌로 믿을 것은 믿고, 안 믿을 것은 믿지 않는 이성적인 신학을 나는 받아들이기 어려웠다. 그렇다고 구약성경이 누가, 어떻게 기록했나에 대한 학문적인 지식도 없고 목사님들께 물어봐도 대답은 대개 그 시대 중동지방의 설화나 신화들을 모아 모세가 정리했다고 설명하는 것이 대부분의 대답이었다. 어떻게 모세가 몇 천 년 전 우주 창조를 보았겠느냐는 이야기다. 이 의문은 내게 큰 숙제였다.

그런데 나는 금년 초 외경인 '요벨서'를 읽게 되었다. 그때 요벨서 첫줄에 모세의 오경은 '모세가 40일 동안 십계명을 받기 위해 하나님을 만나러 시내산에 올라갔을 때 모든 것을 하나님께서 다 보여주시고 계시하시고 친히 십계명을 써 주신 것'이라는 글을 읽고 완전히 확신을 갖게 되었다. 요한 계시록, 다니엘서, 이사야서 등 모든 예언서와 마찬가지로 창세기도 하나님의 계시로 모세가 기록했다는 것을 알고 구약에 대한 확신과 성경이 일점일획도 하나님의 감동과 계시가 없이는 쓰여지지 않았다는 것을 신앙으로 받아들이게 되었다.

젊은 시절 철학과 인문주의 사상에 매혹되기 쉬운 시기에 보수적인 신앙관을 갖게 해준 데에는 동대문에 있었던 장로교인 창신교회의 보수성이 큰 영향을 주었다. 그 당시 권연호 목사님은 완고한 보수주의 목회자이고 내가 속한 중고등부를 맡아 지도하신 장차남 목사님의 영향 또한 매우 컸다. 그리고 그때 많은 좋은 교사 분들이 있었다. 현재 당회장은 신세원 목사님으로 총회장을 지내신 멋진 신사로 통하는 분이다. 지금도 중고등부 친구들을 만나면 늘 같은 마음을 가지고 신앙생활을 잘 하고 있는 것을 볼 수 있다. 어쨌든 어릴 적 유년부, 중고등부 성경학교는 내가 일생을 살아가는데 커다란 영향을 미쳤다.

하나님이 중심인 신앙이 내가 가고자 하는 신앙의 목표이고 성경이 중심인 신앙이 나의 종교관이다. 교파나 신학은 나에게 큰 문제가 되지 않는다. 참으로 마땅히 가르칠 바를 가르치는 목회자가 절실히 그립다. 성경에서 이야기하는 죄에 관한 문제에 대해서는 더욱 그렇다. 교인이 싫어한다고 해서 교회마다 이 문제는 별로 안 다룬다.

하나님이 기뻐하시는 일은 우리가 죄에서 뉘우쳐 새사람이 되는 일이다. 우리의 삶은 하나님이 기뻐하시는 일을 위해서 평생을 이어가는 것이 아닌가 생각된다. 나 자신도 매일 사업과 세상일로 바른길을 가기 힘들지만 조금이라도 여유가 있을 때는 내가 해야할 일을 다짐하고 확인하는 생활을 하고 있다. 이것을 깨닫게 해주신 분은 항상 곁에 계신 성령의 인도하심이라고 생각하며 다시 한번 감사드린다.

제약사 영업사원으로 사회 첫발

영업사원으로 사회에 첫 출발한 나의 월급은 100 달러로 한화 10만 원 정도였다. 그때 잘나가던 은행에 취직한 친구들이 5만 원을 받았으니 꽤 많은 편이었다. 그러나 많은 월급에도 불구하고 나는 기를 펴지 못했다. 당시 사무직이 최고지 영업사원은 '판매원'이란 인식이 강했던 것이다. 내가 주로 하는 일은 개인의원에 다니며 의약품을 판매하는 일이었다. 늘 뛰어다니며 영업을 한 탓에 구두 뒷굽을 한 달에 한 번씩 갈았다. 정말 열심히 일했다. 이때 인생의 밑바닥 정서를 익힐 수 있었다. 가장 어려운 것은 의사들에게 담배를 권하는 것으로 영업을 시작하는 것이다. 담배를 못 피우면 영업이 불가능한 것으로 인식됐다. 저녁에는 술접대가 많았다. 기독교인인 내게 술과 담배는 정말 어려운 시련이었다. 나는 담배는 피우지 않으나 술은 적당량을 마시지 않을 수 없었고 그것이 점점 횟수가 잦아지면서 가벼운 음주를 하게 됐는데 하루는 결단을 내렸다.

'영업에 꼭 술 담배가 끼어야 한다는 것은 핑계에 불과하다. 악조건 속에서도 해낸다는 강한 정신력이 더 중요하다.'

이때부터 시작된 '백절불굴의 정신'은 우리 회사 경영이념의 기초가 되었다. 이를 바탕으로 이후 나에게 닥친 어려운 일들도 쉽게 헤쳐나갈 수 있었다. 사실 이 정신은 성경의 어느 나그네 이야기에서 배워 적용하게 됐다.

하루는 먼 곳에서 친구가 찾아왔는데 주인은 너무나 가난해서 대접할 음식이 전혀 없었다. 그래서 주인은 옆집 부자에게 찾아가 '지금 내 친구가 사막을 건너오느라 너무 지쳐서 무엇이라도 먹지 않으면 죽을지도 모른다'고 사정했다. 그러나 부자는 워낙 늦은 시간이라 아무것도 먹을 것이 없다고 하며 주인을 좇아냈다. 가난한 사람은 다시 한번 친구를 위해 간곡히 부탁했으나 부자의 대답은 같았다. 주인은 포기하지 않고 계속 찾아가 먹을 것을 조금이라도 달라고 끈질기게 부탁했다. 그러자 그 부자는 '네게 주고 싶은 마음은 추호도 없으나 네가 나를 너무도 귀찮게 굴어 잠을 못자게 하니 음식을 주겠다' 며 마침내 주인의 청을 들어주었다.

나는 나그네 이야기에서 영업전략을 배웠다. 또 찾아가고 또 방문하여 끈질기게 노력하면 안될 일이 없다는 것이 내 생각이었다. 초기에는 보통 새로운 거래처를 뚫기 위해 적어도 10번 정도 병원을 방문했다. 어찌나 끈질기게 다녔는지 그 열성에 질려 거래를 터준 병원이 많았다. 그리고 한번 고객이 되면 끝까지 신뢰를 잃지 않기 위해 더욱 더 노력했다. 그래서일까 지금 나는 '무엇 때문에 못한다' 는 핑계를 제일 싫어한다.

말씀에도 '구하라 그리하면 얻을 것이요. 두드려라 그리하면 열릴 것'이라고 했다. 나 역시 간절히 구하고 원하면 주님께서 반드시 큰 것으로 열어주셨다. 젊은 시절 큰 꿈을 가지고 많은 것을 주님께 구했는데 나에게 모두 주셨다.

'나를 사랑하여 주시는 여호와여 내가 주를 사랑하나이다'

기업가의 카리스마는 청빈주의가 근원

하나님은 사람을 통해 역사하시며 우리의 구체적인 기도에 응답해 주신다. 이런 점에서 나는 기도의 사람, 믿음의 사람들에게 하나님이 영적 카리스마를 선물로 주신다고 생각한다. 카리스마란 지도자에게 요구되는 덕목으로 '사람을 사로잡는 매력' 또는 '위압감' 으로 설명될 수 있다. 이는 곧 지도자에 대한 존경심으로 귀결된다. 과연 이러한 카리스마는 어디서부터 나오고 어떻게 형성되는지를 생각해 보았다. 물론 처음부터 천부적으로 타고나는 사람도 있지만 신앙을 통해 후천적으로 형성되는 경우를 목격하게 된다.

믿음만으로 모든 것이 해결되진 않는다. 지도자가 되기 위해서는 업무에 대한 전문지식 습득이 필수다. 한 가지 업무에 정통하여 그 능력을 인정받았을 때 비로소 사람들로부터 존경심을 불러일으킨다. 또 정확한 목표를 설정한 후 확신을 가지고 사람을 대할 때 카리스마가 나타난다고 할 수 있다. 또한 변함없는 확신과 더불어 항상 솔선수범할 때 모든 사람이 존경심을 가지고 따르기 마련이다. 오래 전 나의 군대 생활 중 한 가지 실패한 에피소드가 있다.

　김신조 일당의 청와대 습격사건 이듬해인 1969년 나는 육군 소위로 임관 후 백암산 전방부대로 투입됐다. 당시 곳곳에서 간첩 출현이 잦은 터라 기동타격대 소대장으로 임명된 후 간첩 소탕 작전을 수행하고 있었다. 그런데 하루는 부대 옆 산에 간첩이 나타났다는 소식을 듣고 현장에 도착하니 밤 10시가 넘었다. 주변은 온통 캄캄한 상태에서 여기 저기 총소리만 들릴 뿐이었다. 산 정상에서는 귀를 찢는 듯한 총소리가 들리고 소대원들은 나만큼이나 잔뜩 겁을 먹고 있는 표정이었다. 나는 소대장으로서 명령인지 부탁인지 알 수 없는 말투로 노련한 선임 하사가 앞장서줄 것을 제안했지만 평소에 그렇게 용감하던 그도 정색하며 소대장님이 앞장서라고 했다. 정말이지 너무 무서워 어떻게 해야 할지 몰랐다. 그러나 책임감이 무엇인지 갑자기 죽을 각오가 생기면서 앞장서 산에 오르기 시작했다. 그때야 비로소 소대원들이 뒤따라왔다. 그러나 결국 간첩은 다른 산으로 도망갔고 우리는 작은 교전조차 할 수 없었다. 그때를 생각하면 지금도 얼굴이 화끈거릴 정도로 창피 하다.

　카리스마는 깨끗한 마음과 희생정신을 가졌을 때 나온다. 이기적인 마음가짐과 남을 속이려는 마음은 어느 누구도 믿게 하지 못한다. 또 원칙 중심의 사고로 자기의 인격을 갖추고 하나님이 좋아하시는 인격체가 되었을 때 하나님께 사랑 받고 인간에게도 존경받는 것이다. 기업가의 카리스마도 투명성과 더불어 청빈주의를 요구받고 있다. 목회자는 더 말할 필요가 없다.

진정한 교회지도자의 카리스마는 하나님의 말씀 위에 자기를 희생하는 성직자의 모습에서 사회의 빛과 소금 역할 및 하나님의 나라를 세우는 반석이 되지 않겠나 하는 생각이 든다. 우리가 존경할 수 있는 많은 목회자가 나오길 진심으로 바란다. 그래야 하나님께서 축복해 주셔서 우리나라 경제도 잘 되고 우리 국민이 축복을 받을 것으로 믿는다.

외국 제약회사에서 의약품을 파는 영업사원으로 뛰며 만족할 만한 영업성과를 내고 주위의 주목을 받았으나 나는 그것으로 만족할 수 없었다. 하나님 나라의 백성은 자족도 필요하지만 새로운 도전과 목표가 기도제목이 되기 때문이었다. 하나님의 내 삶에 역사하시는 방법은 구체적이고 오묘했다.

약품 수입상 독립, 일취월장

10년 간 의약품 영업을 하면서 나는 한번도 매출목표에 미달된 적이 없었다. 해외출장을 자주 다니다 보니 영업직원들은 자연스럽게 독립해 약품수입상을 하거나 관련분야에서 자신만의 영역을 개척하고 있었다. 나는 남보다 승진도 빠르고 안정된 상태였지만 기도하는 가운데 독립하고 싶은 소망이 솟았다.

앞에서도 이야기했지만 하나님은 사람을 통해 역사하신다. 먼저 약품수입을 시작하려했을 때 우연히 만나게된 분이 바로 유대인인 슈바르츠 박사였다. 의약품 중개상인 그는 한국에 사업차 나왔다가 나를 만나게 되어 내가 이스라엘 약을 처음으로 수입할 수 있었다. 이때부터 그분과 나와의 관계는 30년이 넘게 서로를 돕는 돈독한 관계가 되었다. 지금도 사업파트너를 넘어 형제 같은 우애와 신뢰를 갖고 있다.

우리 회사가 납세자의 날에 산업포장을 받고 매출이 400억원이 넘는 좋은 경영실적을 올린 것도 그분의 덕이 크다. 완제의약품으로 32개국에 수출 1000만 달러를 달성한 우리 회사의 오늘은 슈바르츠 박사의 도움이 없었다면 불가능했다.

국제적인 판매조직망을 가진 그분은 수입할 때는 좋은 약을 선정해 주었고 지금은 우리 약을 팔아주는데 가장 앞장서고 있다. 우리 회사가 미국, 동남아, 유럽 등 세계로 뻗어나가고 많은 바이어들과 접촉할 수 있었던 것도 모두 그의 공이다. 참으로 고마움을 느낀다. 그분의 첫째 딸과 둘째 딸 결혼식 때 우리 부부는 직접 이스라엘로 찾아가 결혼을 축하해 주었고 그분 자녀들이 한국에 왔을 때는 우리 집에 머물게 해 한국에 대한 소개와 관광을 시켜주었다.

슈바르츠 박사를 만나기 위해 이스라엘을 자주 방문했던 나는 사업 외에 더 큰 믿음의 소득을 얻을 수 있었다. 성서의 내용을 직접 확인하며 그 말씀이 진리임을 확인했기 때문이다. 이스라엘을 방문했을 때 풀 한 포기 없이 광활하게 펼쳐진 붉은 황토산에는 뜨거운 햇볕이 내리쬐고 있었다. 물 한 방울 나오지 않아 도저히 인간이 살 수 없는 그런 광야가 더 많은 곳이었다. 이런 황량한 광야에 애굽을 떠나온 300여만 명의 사람들이 어떻게 40년 동안 살아갈 수 있었는지 믿어지지 않았다. 애굽에서 가져온 물과 양식으로는 6개월 이상 버틸 수 없었고 전쟁을 하면서 계속 진군해야 했으므로 농사를 지을 수조차 없었을 텐데 어떻게 생존이 가능했는지 도무지 이해가 가지 않았다.

그런 가운데 물과 식량을 가지고 그 많은 식구가 살아 남았다고 하는 것은 성경에 기록된 대로 만나(manna)와 메추라기가 없었다면 도저히 설명이 되지 않는다. 모세가 지팡이로 물을 내지 않았다면 어떻게 그 많은 사람을 먹여 살렸는지, 그리고 그

뜨거운 사막의 햇볕은 구름기둥이 없었다면 어떻게 견뎌낼 수 있으며, 밤만 되면 영하로 내려가는 사막의 기온은 불기둥이 없었다면 어떻게 이겨낼 수 있었는지 등 모든 궁금증이 한순간에 풀렸다. 그리고 이 모든 것은 바로 하나님의 특별한 인도하심이었다.

나는 성격이 직선적이고 도전적이며 무엇이든 대충 넘어가지 못한다. 탐구력이 강해 확실한 사실만 믿으려 했다. 어려서부터 교회를 열심히, 그리고 꾸준히 다녔지만 성경에서 목사님의 말씀이 이해되지 않는 부분이 너무 많았다. 무조건 믿으면 된다고 했지만 나는 용납되지 않았다. 이런 내게 성경 전체가 마치 총천연색의 영화 파노라마처럼 분명한 사실로 믿어지는 계기가 있었다.

종교를, 신념을 이야기할 때

　교회에 잘 출석하는 장로교인으로서 교회 목사님 설교만으로는 나의 궁금증을 충족시키지 못했다. 이를테면 이런 것들이었다. 여호수아가 여리고성을 점령하고 가나안 백성을 정복할 때 어린아이부터 여자, 남자 그리고 심지어 동물까지 살해하라고 하신 하나님의 명령이었다. 나는 하나님이 어떻게 그렇게 잔인할 수 있느냐는 의문이 떠나지 않았다.

　그리고 사울왕이 블레셋군과 싸워 이기고 아각왕과 일부 짐승을 살려 주었을 때 사무엘이 사울왕을 심히 꾸짖고 아각의 목을 벤 구절을 읽고 이해를 못했다. 이 때문에 사울이 하나님께 버림받고 다윗왕에게 왕위를 빼앗기는 것도 도저히 믿을 수 없었다. 그리고 예수님이 바리새인들에게 '이 독사의 자식들아' 라며 욕하는 부분도 이해하지 못했다. 그렇게 의문을 간직한 채 지내다가 십여 년 전부터 스스로 성경을 공부하기 시작했다.

　신구약을 7번 정도 읽었고 주석까지 보자 이제 어느 정도 그 뜻을 이해할 정도가 되었다. 그러다 보니 예전에는 신화나 설화로 받아들였던 부분에 대한 확신을 가지게 되었고 성경의 어느 구절도 거짓이 아니라는 믿음이 생겼다.

앞에서 궁금하게 생각했던 것은 창세기에서 그 실마리를 찾았다. 창세기 6장에 하나님의 아들들이 땅위의 아름다운 여자를 아내로 삼았다는 구절이 있다. 그리고 그들 사이에서 난 자식들이 르바임, 즉 거인들이라는 구절이 있다. 여러 주석을 보니 하나님의 아들들을 천사라고 해석한 학자들과 셋의 후손과 카인의 후손의 결합이라고 이야기하는 학자도 있었다.

'거인의 서'라는 제목의 에녹서를 읽었는데 이 구절을 상세히 설명하고 있었다. 세미하사라는 천사가 200명의 천사와 함께 땅에 내려왔는데 그들은 땅의 여인과 결혼하여 자녀를 낳고 인간에게 점치는 것, 마술, 의술, 점성술, 수간, 전쟁술, 호모섹스 등을 전수했다고 했다. 그래서 이러한 것들은 하나님을 배역한 마귀의 역사이고 하나님이 제일 싫어하는 행위라고 설명하고 있다. 그래서 이 이방신을 섬기는 가나안 사람들을 전멸시켜 하나님의 선택된 백성을 깨끗하게 지키시고자 이렇게 명령했던 것이다. 그리고 짐승도 수간의 대상이고 이미 더러워졌기 때문에 멸절시키셨다.

네피림의 후손은 바로 뱀의 후손으로 상징되어 예수께서 바리새인을 책망하신 것으로 이해하게 되었다. 나로선 놀라운 발견이었다. 그 네피림의 후손이 바로 다윗이 죽인 골리앗이었고 바산왕옥이 바로 이 네피림의 후손으로 성경에 기록되어 있다. 성경은 구하는 자에게 하나님께서 눈을 열어 알게 해 주시는 것을 확신하게 되었던 것이다.

이후 나는 동정녀 마리아 잉태, 노아의 방주, 천지창조, 심판, 부활 등 어느 하나 의심되는 부분이 없어졌다. 이것은 내가 스스로 공부하고 자연스레 믿음을 쌓아 내 것으로 받아들인 것이니 만큼 누굴 만나더라도 자꾸 이야기하고 싶어진다. 뭐가 그렇게도 재미있는지 누구를 만나더라도 나는 늘 그 이야기로 대화를 시작한다. 그래서 직원들은 '저러다 사장이 교주라도 되는 건 아닐까' 하고 걱정할 정도다.

나는 기독교인이라고 자처하고 신앙이 좋은 것처럼 보이는 분들에게 몇 번이나 성경정독을 했으며 또 묵상했는지 묻고 싶다. 내 경험으론 당장 답이 나오지 않아도 끊임없이 이 부분에 대해 관심을 쏟고 연구하면 성경 의문의 해답을 얻을 수 있었기 때문이다.

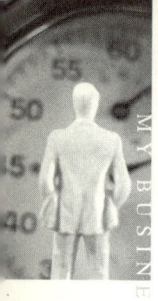

수입상 탈피, 수출에 도전

　약품수입상을 하다 보니 기술력이 얼마나 큰 것인지 확인할 수 있었다. 원가는 정말 얼마 안되지만 약의 효능과 독점 생산이란 점 때문에 회사가 취하는 이득은 판매중개상과 비교가 되지 않았기 때문이다.

　하나님은 신앙인에게 도전과 용기를 주신다고 생각한다. 수입판매로 어느 정도 자리를 잡자 약을 개발, 생산까지 하고 싶다는 생각이 들었다. 주위에서 말리는 사람이 많았지만 기존의 제약회사를 하나 인수해 개발을 시작했다. 품목허가를 받고 설비를 늘려가는데 정부의 우수의약품제조관리기술 의무화조처가 내려졌다.

　내수시장이 과열돼 수출 쪽으로 눈을 돌리지 않으면 안 되는 상황이었다. 80년대 후반만 해도 완제의약품 수출은 대기업도 엄두를 못 냈다. 사람의 생명과 직결되는 의약품은 수입국 보건당국의 등록절차에만 2년 6개월이 걸릴 정도였다. 그러나 우리 회사의 좌우명인 불굴의 정신 앞에는 불가능이 없었다.

　수입에서 수출로 돌아서자 이때도 적극 도움을 준 분이 바로 슈바르츠 박사였다. 그분은 유대인 특유의 폭넓은 인간관계로 회사 약을 적극 홍보해주기 시작했다. 그 결과 지금은 30개국에 수출하고 미국 현지법인과 공장을 설립하게 된 것은 하나님이 주신 도전정신이 낳은 승리가 아닐 수 없다.

해외 첫 거래처인 필리핀 수입상과의 상담 때의 일이다. 내가 아무리 우리 회사와 약에 대해 설명해도 그는 전혀 관심을 보이지 않았다. 그런데 어느 날 신문을 보다 일본이 필리핀 바나나를 수입하는데 세관 통관 때 일본에서 제작한 바나나상자만 사용하도록 해 상술이 놀랍다는 내용이었다.

나는 일본과 거래 중인 필리핀 거래상과 다시 대화를 시도했다. 일본의 상도의를 문제삼고 필리핀이 6·25 때 한국을 도와준 부유한 나라였다는 사실을 칭찬하자 마음을 여는 것이었다. 역사적 동질성을 찾으며 허물없는 대화를 나누는 과정에서 어느덧 거래의사가 내 쪽으로 옮겨와 있었다.

나는 이 과정에서 많은 것을 깨달았다. 그리고 이 깨달음은 하나님이 주신 지혜였음을 고백하게 된다. 바이어 등 모든 사업상의 만남에서 무엇이든 비즈니스를 성공시키는데만 전력을 기울일 것이 아니라 오히려 인간적인 면에서 친해지려 노력하고 사업이 아닌 다른 쪽으로도 도움을 주는 일에 신경을 쓰면 그것이 결국 좋은 결과로 연결되곤 했다. 즉 눈 앞의 이익에만 급급할 것이 아니라 멀리 보라는 것이다.

지금도 우리 사업의 많은 부분에 큰 힘이 되는 슈바르츠 박사와 형제 이상으로 끈끈한 유대가 된 것은 우리 부부가 자녀들의 결혼식에 참석하기 위해 이스라엘까지 가는 등 먼저 노력을 했기 때문이다.

32개국에 수출을 하다보니 해외출장이 잦고 많은 나라를 여행하는 것이 업무의 하나가 되어버렸다. 그러다 보니 여러 나라 사람들을 만나고 또 다양한 종교를 접하게 되었다.

그런데 어느 곳이든 그 나라의 문화는 종교와 반드시 연결돼 있다. 그런데 그 나라의 종교와 문화에 대한 인식과 이해를 가지면 현지 바이어와 상담하는데 매우 유리해 이 분야의 연구와 독서에 적지 않은 시간을 할애했다.

고대 종교를 이해하려면 외경으로 분류된 에녹서를 한번 읽어볼 것을 권유하고 싶다. 신약 유다서에서도 인용하고 있는 이 책은 고대 종교의 발원지 역할을 하고 있다. 기업인들이 성경을 알아야 세계 시장이 눈에 들어오고 사업에 성공을 거둘 수 있다.

성경은 세계로 통하는 길

에녹서를 통해 내가 궁금해하던 종교의 많은 부분을 이해할 수 있었다. 고대 종교 중 마니교가 있다. 이 종교도 에녹서의 선행 천사와 사탄에 속한 천사들을 모두 숭배하는 종교이고 마니교와 비슷한 조로아스터교도 천사숭배교로서 에녹서에 기초하고 있다. 또한 사탄을 숭배하는 바알 종교 역시 에녹서에서 언급하고 있다. 그리고 많은 신도를 가진 이슬람교는 모세오경을 기초로 한 종교로서 많은 부분이 구약성경에 기원을 두고 있으며 유태교 역시 구약성경에 기초하고 있다. 다만, 예수님의 신성을 받아들이지 않거나 믿지 않는 것이 다른 점이다.

세계의 모든 종교와 인구가 이 성경에 기초를 두고 있고 세계 시장의 80%를 점하고 있는 선진국 국민이 모두 기독교권 국가이다. 그러므로 어떻게 이 성경을 모르고 세계 시장 개척을 할 수 있다고 생각하는지 의문이 아닐 수 없다.

십계명은 2가지로 구분된다. 하나는 하나님에 관한 부분이고 다른 하나는 사람에 관한 부분이다. 사람에 관한 부분은 불교, 유교, 도교가 같이 말하고 있으나 하나님에 관해서는 전혀 같지 않다. 얼마 전 TV에서 모 교수가 열심히 노자강의를 하고 노자의 이론만이 인류를 구원할 것 같이 열변을 토하는 것을 보았다. 그러나 그것은 진리가 아니고 인간이 만든 학문인 것이다. 그것을 가지고 대단한 진리인양 이야기하는 그 분이 나는 불쌍해 보였다. 그리고 간간이 예수님은 바리새파였다고 엄청난 궤변을 늘어놓다가 어떤 때에는 에세네파였다고 한다.

그분은 나와 동년배로서 같은 시대에 살았는데, 그리고 신학대학을 다녔다는데 어떻게 저런 정도의 성경지식을 가지고 있나 하는 생각을 하니 정말 측은한 생각이 들었다. 나는 그분에게서 성령의 냄새를 맡지 못했고 그 모습을 읽지 못했다.

많이 알되 그 가운데 진리가 없으면 술 취한 운전수에게 트럭 운전대를 맡긴 것과 같다고 한다. 그로 인해 많은 사람들이 미혹 받아서 하나님의 도를 떠날 것이라는 생각이 들었다. 모든 죄는 용서받되 성령을 훼방하는 죄는 용서받지 못한다는 것이 성경의 말씀이다. 예수님의 신성과 인성을 부정하는 영은 모두 악령에 속한다고 성경은 지적하고 있다. 나는 성경 속에서 진리를 찾아내고 그 속에서 지혜를 발견하여 이것을 우리 생활 속에서 함께 생활하는 것이 참기독교인의 모습이라고 생각한다.

이러한 기독교인은 세계 어디에서나 서로 교통하며 같은 생각을 하고 같은 길로 가고 있다고 믿고 있다. 이것은 생각이 바로 성령이 함께 하는 삶이며 이 삶을 통해 우리가 하나님 나라의 주인이 될 수 있다고 생각된다. 성경만이 세계로 통하는 길이고 이 길을 통해 우리는 진정한 세계인이 될 수 있다고 믿고 있다. 노자와 공자도 아니고 어느 종파에 속한 신학도 아니라고 본다.

　나는 사업의 가장 중요한 무게 중심이 신뢰와 정직이라고 생각한다. 그리고 이 신뢰와 정직을 지탱시켜 준 힘은 바로 기독교 신앙이었다. 당장은 이 진실이 전달되는 것 같지 않아도 길게 보면 결국 큰 유익으로 돌아오곤 했다.

　사업에서 가장 중요한 것이 직원관리가 아닌가 한다. 나는 영업의 맨 밑바닥부터 잔뼈가 굵어왔기에 직원들이 갖는 생각을 잘 파악하고 있어 나 나름대로는 최선을 다해 잘해주고 있다고 생각했다. 그런데 94년 크게 직원 때문에 크게 몸살을 앓은 적이 있다.

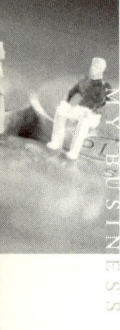

직원 경영개입 정면돌파

회사가 자리를 잡고 성장할 무렵인 94년 당시 직원은 80여 명이었다. 국내 판매만으로는 회사 운영이 힘들다고 판단한 나는 해외시장 개척에 앞장서기 시작했다. 국내 수요가 정해져 있는데 여기서 경쟁하는 것보다 세계시장이 훨씬 넓다고 판단한 것이다.

브라질을 비롯한 중남미 지역 판매를 위해 현지 출장을 다녀오니 영업사원들이 회사에 들어오지도 않은 채 음식점에 모여 시위를 하고 있었다. 12가지 항목을 제시하고 이것을 모두 들어주지 않으면 노조를 결성하겠다는 것이었다.

'사장은 회사 미래를 내다보고 이렇게 열심히 뛰는데 동참은 못할망정 자신들의 주장만 요구하다니…. 직원을 위해 나름대로 최선을 다했는데 결과가 이런 것은 무엇 때문인가?'

정말 서운하고 화가 났다. 직원들에게 회사가 할 수 있는 범위에서는 한다고 했는데 이런 결과가 나오니 더이상 이들과 일하고 싶지 않았고, 아예 회사 문을 닫아버릴까 생각도 했다. 그러나 물러서면 안되겠기에 정면돌파하기로 했다.

모두를 사장실로 불러 대화를 시작했는데 그들은 결연한 의지의 눈빛을 보이며 12가지 요구사항을 모두 들어주면 일을 하겠다고 했다. 영업부장은 내게 6가지만 들어주며 타협하자고 했지만 나는 안 된다고 하며 이렇게 말했다.

　"이 회사는 제가 밑바닥부터 시작해 지금까지 올라왔습니다. 제 땀과 열정이 모두 배어 있습니다. 누가 뭐라 해도 저는 나름대로의 경영관이 있는데 여러분의 의견을 참고는 하지만 따라가지는 않습니다. 이런 요구는 한 건도 들어줄 수 없습니다"

　요구조건이 다시 세가지, 두가지, 한가지로 줄었지만 나는 계속 '노(No)' 라고 대답했다. 그러나 이번 일로 인사에 불이익을 주거나 책임을 묻는 일은 절대 없을 것이고 회사가 성장하는 만큼 대우는 계속 나아질 것이라고 소망을 주었다.

　결국 이 일은 1건도 수용치 않은 채 무마됐다. 직원들은 참 대단한 강씨 고집이라고 했을 것이다. 나는 여기서도 신앙의 한 부분을 깨달을 수 있었다. 믿고 확신한 일에 거하면 타협이 있을 수 없다. 우리의 믿음도 구원의 확신과 성경 말씀을 확실히 믿는다면 그 가르침대로 반드시 행해야 한다. 요즘 주위를 보면 양쪽 발을 세상과 교회에 하나씩 걸치고 적당히 살아가는 기독교인이 너무 많다. 목사님 설교와 성경 말씀에 옳다고 고개는 끄떡이지만 이것이 삶에 적용되지 않는다. 몸과 마음이 따로 노는 것이다.

　나 역시 아직 내세울 만한 신앙인이라고 생각하진 않는다. 그러나 꾸준히 신앙생활을 하면서 내가 믿지 못하고, 내가 확신이 되지 않는 것에 대해서는 의문을 갖고 그것에 대한 해답과 깨달음을 얻기 위해 나름대로 부단히 노력했다. 내게는 대충 넘어가는 것이 없었다. 어떻게 보면 우리의 인생에서 자신의 모든 것을 맡기는 신앙이야말로 가장 소중한 것이고 귀한 선택이므로 이렇게 해야 하는 것이 당연하다.

나는 이 '신앙의 의문' 들을 성경을 통해 대부분 해결했다. 그리고 그것을 실천하고 사업을 통해 하나하나 그것을 확인할 수 있었다. 그리고 그것은 한치의 오차도 없는 진실이었기에 나는 보수신앙을 철저히 견지하며 오늘까지 이르고 있다. 하나님은 살아 계시며 지금 바로 이 시간에도 우리의 생사화복을 주관하신다.

성지 가까이 - 요르단에 공장추진

슈바르츠 박사와의 인연 때문에 이스라엘 출장이 많고 인근에 있는 이집트 요르단 등 중동지역에도 자주 갔다. 지사도 세우고 공장도 설립하기 위한 것이었는데 특히 이스라엘에 오래 머무르곤 했다. 나는 유대인에 대해 궁금한 것이 많았다.

'그 무엇이 세계 경제를 주름잡고 그 많은 노벨상 수상자를 배출했으며 미국의 언론과 대학을 장악하고 있는가' 하는 궁금증이었다. 그 궁금증을 풀기 위해 이스라엘 거래처 친구들과 자주 대화했다. 의외로 그들의 마음 속에는 불안감 긴박감 종교관이 함께 공존하고 있었다. 그 중 제일 중요한 것은 주변의 적들과 싸우려면 민족의 동질성을 확인하고 동족끼리 신뢰하며 협력해야겠다는 강한 의지였다.

유대인 하면 우리는 언뜻 백인을 생각하게 되는데 그것은 대단히 잘못됐다. 유대인은 흑인도 있고 아랍계, 러시아계, 아시아계, 황인종 등 피부 색깔은 그야말로 각양각색이다. 그러나 정신만은 유대인이라는 동질감을 가지고 있다.

이스라엘에서 흑인, 백인, 황인 모두가 섞인 이스라엘 젊은 남

녀 군인들을 만났다. 남녀 차별이 없었다. 그들은 틈만 나면 둥
그렇게 모여서 이스라엘 민속춤을 추며 그들의 동질성을 확인했
다. 그리고 조국의 안보를 걱정했다. 이러한 군대생활이 바로 그
들의 이질적인 문화를 하나로 만들어주는 공통분모의 역할을 하
는 것을 보았다. 그리고 그 바탕에는 어릴 때부터 그들의 경전인
탈무드를 자식들에게 철저히 가르치는 유대인 어머니의 노력이
있었다. 탈무드가 바로 모세오경이다. 즉 구약성경인 것이다.

　이 성경을 통해 그들은 민족을 알고 하나님의 살아 계심을 알
고 특히 세계를 장악할 수 있는 지혜를 배우고 있었다. 지혜는
하나님에게서 나온다. 그 하나님의 지혜는 모두 성경에 기록되
어 있고 유대인의 여자들은 그것을 자식들에게 전수하여 세계적
인 석학과 경제인들을 만들어 내고 있는 것이다. 한국의 어머니
들은 과외만 시키려 하지 진정 자녀를 우수하게 만들 수 있는 성
경 암송이나 말씀 가르치는 것에는 등한시한다. 기독교인들조차
도 말이다.

　성경을 통할 때 비로소 세계를 지배하는 능력이 나오고 하나
님의 인도하심이 있다는 것을 이스라엘에서 확고히 깨달았다.
이제 우리 회사도 금년에 요르단에 공장을 세우기로 합의하고
합작회사를 만들었다. 여기서 만든 약이 사우디아라비아, 요르
단, 이집트 이란에 팔릴 것이다. 이것을 통해 우리는 중동지역의
하나님의 섭리를 더 알 수 있게 될 것이다. 이 모든 것이 하나님
이 원하는 방향으로 되기를 간절히 기도하고 있고 당신이 원하
시는 데에 쓰이기를 원한다.

우리나라는 교육문제 때문에 전 국민이 고민하고 있다. 그러나 그보다 더 큰 문제는 우리 자녀들에게 중심철학을 가르치지 못하고 있다는 것이다. 요즘 젊은이들에게는 꿈과 희망이 중심사상이 아니라 돈과 출세가 목표가 되고 있다. 하나님이 모든 것의 중심인 유대인은 세계를 지배하고 있다. 교육은 그 중심에 하나님 말씀을 교육할 때 온전한 인격체로 성장한다고 생각한다. 자식은 부모 뜻대로 되지 않는다. 다만 기르시는 분은 하나님이시라 확신하고 믿음을 키워주고 성령의 인도하심을 기도한다면 '신앙과 삶에 성공하는 자녀'가 될 것이라 믿는다.

한국인의 다국적 제약기업을 향해 장막의 끈을 넓게 치다

　많은 사람들이 내게 궁금해하는 것은 어떻게 그렇게 빠르게 회사를 성장시켰고 더구나 국제시장에서 경쟁력 있는 회사가 되었느냐는 것이다. 그도 그럴 것이 회사 창립 당시 400위 정도로 맨 밑바닥에 있던 우리 회사가 이제 제약업체 28위 정도로 급성장했기 때문이다.

　나는 이 질문에 대해 '하나님께 지혜를 구했고 성경이 바로 그 해답'이라고 자신있게 말할 수 있다. 사업을 하면서 세계를 넓게 바라보고 큰 꿈을 꾸기 시작했고 하나님은 내가 원하는 길을 예비하시고 인도하셨다.

　세계 의약품 전체시장은 500조 원 정도며 이 중 한국이 1%인 5조 원을 차지한다. 동남아, 중남미를 모두 합쳐도 20% 미만이다. 세계 주요시장은 바로 미국, 유럽, 일본, 동구권인데 이들은 한결같이 한국산 약품은 사지 않는다. 한 마디로 믿지 못하겠다는 것인데 경쟁력이 떨어지는 나라가 가져야 하는 서러움이다. 그리고 자신들끼리 제품을 사고 판다.

반면 이스라엘의 인구는 700만 명이 채 안되지만 경쟁력을 갖고 세계시장을 개척해 무조건 해외로 나가고 있었다. 700만의 작은 시장에서는 도저히 살아남지 못하니 어느 정도 기업이 커지면 무조건 해외에서 장사했다. 이것을 목격한 나는 창업 초기부터 해외로 시장을 넓혀 나가겠다고 생각하고 준비한 것이다. 미국 앨라배마주 루번시에 제약공장을 직접 짓고 있는데 금년 말에는 FDA의 허가가 날 것으로 생각된다. 그 먼 앨라배마에 공장을 짓게 된 이유는 간단하다. 세계경제 질서는 미국을 중심으로 이루어지는데 미국에 공장을 세워 우리 기술의 'MADE IN U.S.A' 제품으로 세계를 공략하려는 것이다. 이런 노력이 1000만 달러 수출을 달성하게 했다. 그래서 반드시 한국인이 주인인 다국적 제약회사로 만들 것을 기도하고 있으며 그것이 달성되는 날이 멀지 않았다.

사실 한국의 제약회사들은 외국에서 원료와 상품을 가지고 와서 로열티를 주고 국내 장사에만 매달렸다. 그래서 옵션에 묶여 외국으로 수출도 못하고 비슷한 제품도 개발하지 못한다. 또한 외국에 의존하다 보니 개발과 마케팅에 뒤져 자동차나 건설과 같이 세계적인 기업이 나오지 못했다. 우리 회사는 그것을 부끄럽게 생각하고 직접 연구개발 및 원료와 완제품을 만든 것이다. 주로 세계로 수출하는 경영을 택해 로열티를 한 푼도 주지 않는 기업이 되었다.

성경은 장막의 끈을 넓게 칠 것을 우리에게 가르친다. 이러한 지혜가 성경에서 얻은 지혜다. 하나님이 주시는 복은 별안간 주어지는 것이 아니라 지혜를 통해 기업이 발전하는 방향을 알게 하신다. 솔로몬이 구한 것은 장수나 금은보화가 아니고 바로 지혜였다. 그래서 지혜와 더불어 물질의 복도 함께 주신 것이다. 이 지혜를 성경을 통해 알게 되었을 때 그 기쁨은 사업하는 재미보다 훨씬 더하다.

그래서 나는 성경을 재미있게 읽고 있으며 이를 통해 즐거움을 느끼며 살고 있다. 정말 감사한 일이다. 하나님을 아는 것이 지혜의 근본임을 고백하지 않을 수 없다. 나는 나의 모든 사고가 성경 안에서 이루어지기를 원한다. 그리고 성경이 매사에 판단 기준의 중심이 된다면 내 삶은 정말 올바른 길로 가고 있다고 생각한다. 넓은 생각을 가지고 장막의 끈을 넓게 친 후 조그만 샘물에서 출발하여 강에 이르듯 넓은 바다로 나아가고자 한다. 이것이 우리 회사가 추구하는 한국인이 주인인 다국적 기업의 방향이다. 주여, 이 항해를 잘 지켜 주옵소서.

하나님이 제일 싫어하시는 일
- 어느 성악가와의 인연

성경을 읽고 그 진리를 깨달아 가는 기쁨은 특별하다. 이중에서 우리 기독교인이 가장 조심하고 주의해야 할 일이 있다. 그것은 바로 하나님이 명하신 십계명 중 그 첫 계명을 지키는 일이다.

지난해 갑자기 회사의 모든 통장을 조사중이라는 급한 전화를 받았다. 외부로 인출된 자금과 통장잔액, 가족 사항에 대해 모 기관에서 철저히 조사중이라고 했다. 그리고 자녀 중에 음악과 관련된 사람이 있거나 딸이 음대에 다니지 않느냐고 했다. 나는 딸이 고등학생이고 미술을 하고 있다고 이야기했다.

한참이 지난 후에야 확실한 내용을 알았다. 모 음대교수의 부정 입학사건을 조사중이고 그 교수의 후원자 중 내가 포함돼 있어 혹시 부정입학과 관계가 있을 것으로 보여 조사했다고 한다. 사실 나는 그 교수에게 연주회 등이 열리면 정신적인 도움을 주고 있었고 또 광고로 물질적인 도움도 주고 있었다. 그 교수는 자신의 일을 천직으로 알고 정말 열심히 일하고 있었고 그런 모습에 감동한 나는 조건 없이 연주회 등에 협력하고 있었던 것이다.

그러나 그는 불행히 부정 입학사건에 연루되어 TV와 신문에 나오고 재판까지 받고 있었다. 그래도 나는 우리 회사 전 직원을 통해 탄원서도 내주는 등 여러 방면으로 노력했다. 아마 그것 때문에 내가 조사를 받게 된 모양이었다. 시간이 지난 뒤 나는 그분에게 왜 그런 불행한 일이 일어났느냐고 물었다. 그러나 그분은 그렇게 잘 나가던 자신이 왜 그런 어려운 일을 당했는지 모르겠다고 했다. 나는 혹시 점치러 다니지 않았느냐고 물어보았다. 그 교수는 의아해하며 왜 그런 질문을 하느냐고 되물었다. 나는 단호하게 그분께 대답했다.

"하나님께서는 점치러 다니는 사람을 제일 싫어하기 때문입니다."

죄 중에 제일 큰 죄가 나 외에 다른 신을 섬기는 것이고 점을 치는 것은 하나님 이외에 하찮은 신을 믿고 의지하는 것으로 십계명 중 첫 계명을 어기는 것이라고 말했다. 사실 자기가 근래 몇 번 장난삼아 점을 친 일이 있다고 고백했다. 나는 바로 그것이 당신이 어려움을 겪고 있는 원인일지 모른다고 말해 주었다. 몇 해 전 기독교인인 유명 고관 부인이 점을 친다는 소문을 들었다. 그리고 얼마 안되어서 그 분의 직계 가족이 구속되었다는 신문보도를 보았다. 그리고 레이건 전 미국 대통령 부인 낸시 여사는 점성술사를 믿고 모든 행사 날짜를 물어보곤 했는데 얼마 안되어서 레이건 전대통령이 치매에 걸렸다는 보도를 보았다. 과연 우연의 일치인지 모르겠다.

성경에서도 사울 임금이 상황이 너무도 급해 신접한 여인에게 사무엘을 불러 올려 전쟁에서 이기도록 부탁했다. 사무엘은 노해서 사울에게 '너와 네 자식은 이번 전투에서 죽을 것'이라고 예언했고 사울과 그 아들은 그 전쟁에서 무참히 죽었다.

성경에는 신접한 여인을 가까이 하는 사람을 멸하시겠다는 하나님의 말씀이 있다. 신접한 여인이 바로 무당이고 점쟁이다. 하나님이 제일 싫어하시는 일이 점치는 일인데 기독교인 중에는 많은 사람이 그 사실을 알지 못하고 중죄를 저지르는 것이 안타깝다. 만약 점을 치거나 무당에게 의존하면 하나님은 모든 축복을 거두어 가신다는 것을 나는 성경을 통해 확신한다.

"주여, 우리가 다른 신을 섬기는 어리석음을 범하지 않도록 하여 주시옵소서."

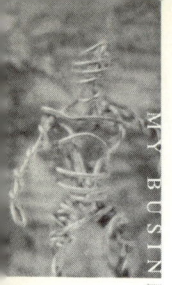
위기를 기회로 만든 '손길'

내게도 사업의 위기가 없었던 것은 아니다. 97년 시작된 IMF 위기의 높은 파고는 우리 회사에도 당연히 밀려왔다. 그러나 내가 성경을 통해 깨달은 것은 위기가 바로 기회라는 것이다.

나는 오히려 역으로 IMF 위기 때 성장의 씨를 과감히 뿌렸고 지금 그 열매를 착실히 거두고 있다. IMF 위기 당시 모든 기업들은 움츠리고 구조조정과 경비 절감에 온통 정신을 쏟았다. 모든 기업이 급여를 줄이고 직원을 해고할 때 우리 회사는 오히려 새로운 설비투자를 하였고 급여도 더 인상하였으며 한 명의 직원도 해고하지 않았다. 또 직장을 잃은 유능한 연구원들을 끌어들여 연구소를 보강했다.

물론 그렇게 할 수 있는 능력이 있었기 때문에 가능했지만 이런 결단을 내리게 한 것은 주님의 도우심이라고 믿는다. 사업을 확장하는 용기와 자신감은 신앙에서 출발했기 때문이다. 현대 기업은 차별화 되고 독특한 개성을 가져야 한다고 생각한다.

이때 연구해 개발한 물 없이 먹는 효과 빠른 진통제 '알카펜'이 99년 DDS(약물전달체계)상을 받았고 많은 원료합성 품목의 특허를 받았다. 그래서 미국공장을 비롯해 원료합성공장, 유통회사인 유나이티드 인터팜사를 운영하며 전자상거래와 전산망 구축을 완료하는 계기가 되었다. 그 덕분에 의약분업이라는 또 한번의 소용돌이에서 무난히 성장할 수 있는 바탕을 마련했다. 수출 또한 달러가치가 오르니 경쟁력이 증가하여 어려움 속에서도 1000만 달러를 달성할 수 있었다.

최근 의약분업 때문에 많은 국내 제약회사들이 어려움을 겪고 있다. 외국 제약사들은 작년에 30% 이상 신장한 회사가 많지만 우리 기업은 아사 직전이다. 이것은 모두 예측된 상황이었다. 한국기업은 독자 개발한 신약이 거의 없고 가격이 저렴한 약들뿐이다. 신약을 개발하려면 최소 10년 이상의 세월과 수천 억원의 예산이 소요되지만 한국 기업 중 제일 외형이 크다고 하는 업체의 연간 매출이 4000억 원 정도밖에 되지 않으니 신약 개발은 사실상 불가능한 상태이다.

또한 외국기업의 통상 압력도 대단해 정부 정책도 외국기업에 호혜적일 수밖에 없고 특히 의사들도 의약분업 이후 오리지널이라는 외국회사 제품을 선호해 한국제약산업은 위기에 처해 있으며 의료재정도 계속 적자가 나고 있다.

국내 제약회사들이 없어지면 외국 제약회사들의 비싼 약값 때문에 서민들이 어려움을 겪을 것은 불 보듯 뻔하다. 비슷한 성분의 약인데 오리지널 특허품이라는 이유로 몇 배에서 몇 십 배 비싼 약들이 많다. 이런 상태라면 의료재정 적자는 어떤 방법으로도 해결하지 못할 것이다.

이런 가운데 우리 회사는 작년에 30% 가까이 성장했다. 나는 지금 이 시기를 대변혁의 시기로 보며 우리가 성장할 가장 좋은 때로 보고 있다. 이때를 놓치면 기회가 다시 오지 않는다고 생각하고 직원들을 독려하고 있다. 가장 어렵다고 생각하는 시기가 바로 가장 성장할 수 있는 기회라고 생각한다. 모두들 이러한 우리의 약진을 의아해하고 있다. 만나는 사람마다 어디서 그러한 추진력과 아이디어가 나오느냐고 묻는다. 나는 수없이 많은 위기 속에서 은밀하게 역사하시는 하나님의 음성을 성경을 통하여 듣는다고 말한다. 그리고 지켜주시는 하나님은 이 사업을 통해서 나에게 다른 큰 사명을 주실 것을 확신하고 있다. 이것이 나의 신앙고백이다.

베트남 시장에서 - 메두사 이야기

우리 회사는 약을 파는 회사이니 영업의 능력이 절대적이다. 우리 사회는 영업을 하려면 대상자나 담당자에게 접대하는 문화가 뿌리내리고 있고 여기서 술은 빠뜨릴 수 없는 요소다. 그러나 나는 영업사원들에게 '여성접대부가 있는 룸살롱은 절대 가서는 안되며 일반 음식점에 갈 것'을 못박아 놓고 있다. 그러면 무슨 영업이 되느냐고 강력히 항의하는 직원에게 '너의 가족과 장래를 위해서' 라고 말한다. 사실 이런 영업은 당장 회사 매출이 올라가니 더 좋아 보일지 모른다. 그러나 사람을 타락하게 만드는 장소에는 아예 가지 않도록 해야 하며 그 독소는 결국 장기적으로 그 가정과 회사에 미친다고 확신하기 때문이다.

잠언 7장에는 바로 룸살롱에 가서는 안 된다는 내용이 상세하고 세밀한 묘사로 기록돼 있다. 요즘도 잘못된 여자문제로 패가망신하는 경우가 많은데 술집을 '음부의 길이요 사망의 방' 으로 표현한 이 구절들을 꼭 읽어보라고 권하고 싶다.

이야기가 나왔으니 베트남에서 직접 보고 들은 이야기를 하고 싶다. 메두사는 그리스신화에 나오는 머리 둘 달린 뱀으로 이 뱀을 보는 사람은 돌로 변해버린다는 전설을 가지고 있다. 뱀은 인도의 힌두교에서 창조의 신, 지혜의 신으로 표현되며 기독교에서는 사탄 또는 루시퍼, 귀신, 마귀 등으로 이해된다.

그런데 이 기분 나쁜 이름이 베트남 아마라 호텔 나이트클럽의 이름이다. 입구에 큰 창을 든 귀신상이 중앙에 버티고 있어 엽기적이지만 수백 명의 호스티스가 서비스를 잘하는 탓인지 대부분의 손님들은 만족스러운 표정이다. 아마 한국 관광객이나 베트남에 거주하는 사람은 한 번쯤 가보았을 것이다. 유명한 한국식 룸살롱이었다.

업무 때문에 베트남에 자주 가는 나는 이곳 이야기를 한국사람들에게 자주 듣는 편인데 지난해 메두사의 사장이 바뀌었다고 했다. 새 사장은 두 주먹만 믿고 갖은 고생을 하다 베트남으로 건너와 메두사 사장이 되었다고 한다. 그는 한국에 처자식을 남겨둔 채 클럽 호스티스와 살림을 차렸다. 그러던 어느 날 새벽, 누군가의 전화를 받자마자 인근의 다른 호텔로 갔는데 그날 아침 시체로 발견되었다. 방바닥은 온통 피로 얼룩지고 손톱으로 바닥을 긁은 자국이 있었다. 그리고 목에는 뱀 이빨 자국의 작은 구멍이 나있었고 통장에서 몇 십만 달러가 감쪽같이 사라졌다고 한다. 그러자 교민들은 반항의 흔적도 있고 통장의 돈도 없어졌으니 측근에 의한 타살이 분명하다고 난리를 치며 항의했다고 한다. 나중에 다시 물어봤더니 의외로 자살로 처리됐다고 한다. 그 후 한국 영사관에서 그 사장이 마약과 도박, 여자 등에 관련돼 정말 골머리 아프고 창피해서 혼났다는 말을 들었다. 사업한다고 이역만리 떨어져 마약과 도박에 빠져 자기 생명과 가족에 대한 책임을 저버리는 사람이 적지 않게 많은 모양이다.

도덕성을 가지지 않으면 유혹에 넘어져 본질을 잃어버리는 경우가 많다. 많은 돈을 가지고 외국에 나가 방탕하게 쓰고 아버지께 돌아오는 탕자의 이야기가 생각난다. 어디를 가나 자기가 지킬 원칙과 진리의 기준이 확립되어 있지 않고 자신의 중심을 잃어버리면 우리는 쓰러지고 넘어질 수밖에 없다. 그러므로 성경을 기준으로 사는 우리 기독교인의 삶은 복될 수밖에 없다. 늘 우리를 지켜주시는 분에게 감사하며 오늘도 항상 곁에서 지켜주시기를 부탁드려야 한다.

십자가로 생활의 중심 삼고

"헛되고 헛되니 모든 것이 헛되도다."

이 내용은 세상 권세와 부귀와 지혜를 모두 가지고 세상을 살다간 솔로몬의 고백이다. 세상은 '제행무상'이요 '무와 허'라는 부처의 말씀과 비슷한 이야기다. 솔로몬과 부처의 가르침이 비슷한 것 같지만 결론은 전혀 다르다.

솔로몬은 모든 것이 헛되나 인간은 하나님을 경외하고 그 명령을 지키는 것이 사람의 본분이라는 신본주의 사상을 이야기하고 있고 불교의 교리는 인간 스스로 깨달음을 통해 부처가 된다는 인본주의 종교다. 두 종교는 그 핵심을 달리한다.

나는 의약품을 팔기 위해 인도를 방문, 거래선과 상담하면서 인도의 불교문명을 접했다. 어디서나 절에서 나는 향냄새가 넘친다. 거리에는 소떼가 주인도 없이 돌아다닌다. 자동차가 아무리 빵빵거려도 신으로 섬기는 소는 움직일 줄 모른다. 거리에는 먹지 못해 누워있는 거지들이 즐비하다. 재미있는 것은 같은 소라도 암소이어야 신이지 숫소는 신이 아니어서 짐도 나르고 일도 시킨다.

그리스 신화에서 제우스신의 부인인 헤라가 소로 변해서 여신으로 추앙 받는다고 하는데 아마 비슷한 신앙인지 모른다. 또한 이집트에서도 황소는 셋트신으로 추앙 받고 있고 모세가 시내산에서 십계명을 가지고 내려올 때 유대민족이 송아지를 만들어 신이라고 숭배하다가 모세의 노여움을 사서 송아지를 죽이고 이때 참석한 사람들 모두를 헤위지파가 칼로 죽인 사건이 있다. 그래서 헤위지파는 제사장지파를 인정받은 것으로 학자들은 추정하고 있다.

　천사들을 이끌고 하나님을 배신한 루시퍼는 인본주의의 시조다. 스스로 하나님을 견주고 하나님만큼 높아지려는 생각이 바벨탑사건으로 이어지고 이 생각이 현대 철학으로 이어져 실존주의 철학과 자유신학으로 이어졌으며 지금 하나님 없는 신학이 넘쳐나고 있다.

　'주는 그리스도요 하나님의 아들이시다'는 베드로의 고백이 교회의 반석이다. 이런 고백이 없는 신학은 무의미하다고 생각한다. 현 세대는 예수님이 교회 문 밖에 계시고 뜨겁지도 차지도 않은 것 같다. 확실한 신앙을 우리 자녀들에게 심어주어야 할 때다. 나는 예수님이 중심인 신학, 그리고 예수님을 닮아가고 예수님이라면 이런 상황에서 어떻게 판단하실까라는 생각을 가지고 살고 싶고 언제나 예수님이 나의 생활의 중심인 삶을 살고 싶다.

　며칠 전 TV를 보다가 깜짝 놀랐다. 추기경님과 도올이 강의하는 내용인데 추기경께서 어느 종교든지 선행을 하면 구원받을 수 있다는 말씀이었다. 나는 개인적으로 추기경을 종교지도자로 존경한다. 국민이 어려울 때 바른 말씀을 하시고 불의에 항거해 온 분이기 때문이다. 그런데 이 존경하는 분이 신앙의 근본을 뒤엎는 예수님 없는 구원론을 말씀하시니 나 자신이 실족할 뻔했다. 진의가 잘못 전달됐다고 생각된다. 어떤 기회가 있다면 다시 말씀하실 때가 있으실 것이라 생각한다.

　예수의 보혈의 공로 없이는 우리는 원죄에서 벗어날 수 없고 예수님 없이는 구원받을 수 없다는 것이 성경의 근본 말씀이다. 그리고 기독교는 유교나 불교와 그 근본을 달리하는 여호와 하나님의 유일신교이다. 우리 기독교인은 바로 이런 정체성을 분명히 가져야 한다. 정체성 없는 신앙은 쉽게 흔들리기 때문이다.

성경은 뗄 수 없는 삶의 동반자

　신앙생활을 하면서 마태복음 18장 말씀이 너무나 가슴에 와 닿는다. 내용은 두 가지로 정리될 수 있다. 첫째는 어린아이와 같이 자기를 낮추지 않으면 결단코 천국에 들어가지 못한다는 말씀과 둘째는 누구든지 나를 믿는 소자 중 하나를 실족케 하면 연자 맷돌을 그 목에 달고 바다에 빠뜨리는 것이 낫다는 말씀이다. 그리고 이렇듯 실족케 하는 사람에게는 지옥으로 던져지는 벌이 있으니 만일 네 손이 너를 범죄케 하면 찍어버리고, 눈이 범죄케 하면 빼어 버리라는 것이 지옥불에 던져지는 것보다 낫다는 무서운 말씀이다. 모든 죄는 용서해 주신다는 말씀과 아주 대조적인 구절이다.

　죄에는 용서받지 못할 죄가 있다. 바로 성령 훼방죄이며 그 다음에 소자를 실족케 하는 죄인 것이 아닌가 한다. 11절은 결론 부분인데 우리가 보는 NIV 성경에는 없음이라고 나왔으나 킹제임스 성경에는 분명히 인자가 온 것은 잃어버린 자를 구원하려는 것이라고 나와 있어 예수님께서 얼마나 우리 믿음이 연약한 성도들을 사랑하시는지 알 수 있다. 작다고 생각하는 우리 성도

한사람 한사람을 예수님께서는 구원하시기를 원하시고 이 임무를 종교지도자 및 우리 성도들에게 맡기신 것이 아닌가.

요즘 텔레비전을 보다 보면 시청률을 의식해서인지 드라마와 프로그램에 퇴폐적 요소가 너무 많다. 드라마의 경우는 정도가 너무 심해 자식들과 함께 보기도 민망하다. 이런 것들이 우리 소자를 범죄케 하고 실족케 한다면 너무 비약일까. 2년 전 베트남에서 한국 드라마가 인기가 대단했다. 그러나 너무 퇴폐적이라 베트남 정부가 방영 중지령을 내렸다고 한다. 우리 회사도 베트남에서 광고중인 의약품 '홈타민진생' 광고배우를 한국인에서 미국인으로 바꿔 광고하고 있다. 정말 창피한 일이다.

음란문화는 우상문화인 일본에서 주로 들어오고 있다. 특히 우상문화 중 하나인 포켓몬스터는 바알종교인 드라빔우상과 너무 흡사하다. 이런 상황에서도 보수와 신본주의를 부르짖는 교단과 우리의 종교지도자들은 소자를 실족케 하는 모든 불의를 보고 입을 다물고 있다. 기독교 교단만 100개가 훨씬 넘는데 말이다. 이제 기독교가 힘을 합쳐 기독교문화를 이 땅에 정착시키고 하나님의 나라를 이 땅에 세워야 되지 않겠나 생각해 본다.

복음수출 - 또 다른 사명

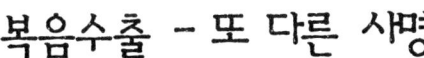

회사를 운영하며 최대한 '성경적 경영'을 하려고 노력하고 있다. 그런데 이 하나님이 회사의 주인이 되시는 경영은 어떤 방법이나 기술이 아니다. 말씀(성경)을 읽고 이를 깨달아 자연스럽게 상황에 적용하는 능력을 갖게 되는 것이라 생각한다.

나는 회사가 자리를 잡으면서부터 노인이나 소외된 이웃돕기에 적극 나서고 있다. 그래서 노인들을 위한 잔치와 소년소녀가장돕기, 환경보전행사 개최 등을 적극 지원하고 있다. 또 성경에 '나그네를 잘 대접하라'는 말에 근거해 우리 공장의 외국인 노동자들을 차별 없이 잘 대해 주고 있는데 매우 고마워한다.

나는 직원들에게 가끔 전도는 하지만 교회 나가라고 강요하지는 않는다. 아울러 신앙인이라고 특별히 뽑거나 대우하지도 않는다. 신앙을 갖는 것은 먼저 깨달아 필요를 느껴야 하기 때문이다. 그런데 시간이 지나면서 스스로 교회에 출석하는 경우를 많이 보는데 그들은 '사장님과 회사를 통해 정말 하나님이 살아 계시다는 것을 느낀다'고 말한다.

13년 만에 이룩한 회사 성장은 누가 보아도 기적이다. 그러나

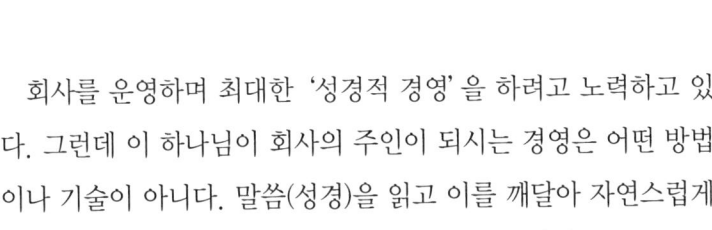

이것은 하나님의 은혜와 돌보심, 많은 주위 분들의 중보기도 덕택이며 나름대로 주님이 원하는 기업이 되려고 노력한 열매라고 생각한다. 그래서 많은 기업들이 궁금해 하는 우리 회사의 성장 배경이 '기독교 정신'과 '성경적 마인드'에 있음을 인식시키고 싶다.

어느 날 하나님께서 내게 다국적기업을 하게 하신 뜻이 무엇일까 생각하다 약만 수출할 것이 아니라 우리 회사가 갖고 있는 기독교 정신과 문화도 수출해야 한다는 사명감이 솟았다. 그래서 해외로 더 열심히 뻗어나가기 위해 더 많은 나라에 공장이 건립되도록 사업을 확대하고 있다. 그리고 그곳에서 기독교 복음이 직·간접으로 확산되도록 돕고자 한다.

그동안 부족한 글솜씨로 책을 쓰며 많이 긴장되고 어려움 또한 컸다. 글이 나를 자랑하는 것이 되면 하나님의 영광을 가리는 것이고 거짓이 포함되면 내 가족과 직원들에게 부끄러운 것이고 거래처와 나를 아는 모든 친구들에게는 웃음거리가 될 것이기 때문이었다. 그리고 일부에서는 사업가는 사업 열심히 해서 물질로 봉사하면 되지 신학자도 아닌데 뭘 그리 성경에 열심이냐고 핀잔도 받는다. 그러나 내가 사업과 인생의 진로를 성경에서 찾는 것은 성경의 모든 내용은 진실이며 나는 이것을 확신하기 때문이다. 사실 건방진 이야기로 들릴지 모르지만 많은 목사님들의 설교가 아직 십일조, 전도, 교회봉사, 축복 등에 치중돼 있다. 우리가 고민하는 것, 올바른 삶을 살고 싶어하는 것에 대해 진지한 설교가 더 많았으면 한다.

이제 내 나이 오십 중반. 꼭 해야 할 일이 무엇인가를 찾을 때가 된 것 같다. 그것은 좀더 인생의 목표를 확실히 하고 내가 잘하는 일 그리고 좋아하는 일을 벗어나 꼭 해야 할 일을 찾는 것이다. 돈도 명예도 그 무엇도 우리가 남길 수 있는 것은 아니라고 생각한다. 가치 있는 일이 무엇인가 나는 계속 찾으며 인생을 살고자 한다.

끝으로 성경해석을 평신도 입장에서 느낀 대로 표현, 교파별로 전공하신 분들과 견해차가 일부 있었다. 혹 잘못된 부분이 있었다면 너그러이 이해해주시길 바란다. 내 뜻은 하나님이 주인 되시고 그 뜻대로 살며 그 뜻이 이 땅에 이루어지기를 바라는 것이다. 그동안 관심을 가지고 읽어 주신 분들께 감사하며 하나님께 모든 영광을 돌린다.